W0218977

PLIER BAGAGE

BIBLIOTHÈQUE HISPANO-AMÉRICAINE

DU MÊME AUTEUR

CHEZ LE MÊME ÉDITEUR

Parmi d'étranges victimes, 2019

Daniel SALDAÑA PARÍS

PLIER BAGAGE

Traduit de l'espagnol (Mexique)
par François Gaudry

Éditions Métailié
20, rue des Grands Augustins, 75006 Paris
www.editions-metailie.com
2021

Retrouvez-nous sur les réseaux sociaux :

Titre original : *El nervio principal*
© Daniel Saldaña París, 2018
Traduction française © Éditions Métailié, Paris, 2021
ISBN : 979-10-226-1091-9
ISSN : 0291-0154

Pour Ana Negri

Moi aussi j'ai eu un été et je m'y suis brûlé.

Antonio Porchia

I

1

Teresa est partie un mardi à midi. Je ne me rappelle pas exactement le mois, mais ce devait être fin juillet ou début août parce que ma sœur et moi étions encore en vacances. Je détestais que Mariana me garde, elle m'ignorait systématiquement toute la journée, enfermée dans sa chambre, la musique à fond, ce qui, même pour un enfant de dix ans comme moi, paraissait délirant. Je fus très contrarié, ce mardi-là, que ma mère se lève à la fin du repas en annonçant qu'elle allait sortir. "Occupe-toi de ton frère", dit-elle sèchement. En général elle parlait comme ça, sans modulation, comme un ordinateur qui donne des instructions, ou une personne atteinte d'autisme. (Parfois, il m'arrive encore de l'imiter, quand je suis seul, et je n'écarte pas l'idée qu'écrire relève pour moi d'un effort pour trouver, dans l'écriture, les échos de sa voix monocorde.)

Teresa, ma mère, m'a dit au revoir par un baiser sur la tête, et Mariana a eu droit à un baiser sur la joue, qu'elle reçut sans broncher ni le lui rendre. "Quand votre papa rentrera, dites-lui qu'il y a une lettre pour lui sur la table de nuit", nous dit-elle à la porte sur ce ton de robot. Puis elle sortit et ferma la porte à clé. Elle n'emportait que son sac ; ce sac dont mon père se moquait de la taille chaque fois qu'on sortait. "Qu'est-ce que tu emportes là-dedans ? On dirait que tu pars camper."

Ce soir-là, mon père arriva et lut la lettre. Puis il s'assit avec nous au salon (ma sœur était en train de regarder des vidéoclips et moi d'essayer de faire un origami) et nous expliqua que maman était partie. "Camper", ai-je pensé.

Un mardi de juillet ou d'août 1994, Teresa, ma mère, est partie camper.

Ma passion pour l'origami a commencé cet été-là. À l'école, pendant les récréations, je m'asseyais sur une jardinière et j'arrachais les feuilles des arbustes. Je pliais chaque feuille par le milieu en cherchant une symétrie parfaite. Puis je tentais d'extraire le pétiole et la nervure principale de la feuille. (J'aimais appeler "pétiole" et "nervure principale" l'axe qui séparait en deux chaque feuille, je venais d'apprendre ces termes en classe et j'avais l'impression que les prononcer me rendait plus mûr et plus savant.) Je retirais la nervure principale et le pétiole, que je rangeais dans une poche de mon pantalon et je n'y pensais plus. L'après-midi, à la maison, je vidais mes poches et je posais pétioles et nervures sur la table. Je m'asseyais devant mon butin, sortais mes feuilles de papier coloré et mon livre d'origami, et avec une patience que j'ai perdue, je me mettais à plier les papiers. Je voyais cette compulsion à plier des feuilles d'arbustes comme un entraînement à l'origami, une pratique rituelle à laquelle je pouvais m'adonner en cachette des autres et qui aiguisait mon habileté.

Mais en vérité je n'ai jamais été doué en origami. J'avais beau m'escrimer, je ne progressais pas d'un pouce. Teresa m'avait offert ce livre de dix dessins élémentaires quelques semaines avant de partir camper – avant de disparaître, avec son grand sac, ce mardi-là après le repas. Le livre comprenait des feuilles quadrillées en couleur et parmi les modèles proposés il y avait l'iconique héron, la grenouille et le ballon. Pour tous je faisais preuve d'un manque égal d'habileté. Je me souviens que lorsque Teresa m'avait donné ce livre, enveloppé dans du papier fluo, j'avais trouvé étrange qu'elle m'offre quelque chose, car mon anniversaire était encore éloigné et ma mère n'était pas très encline aux surprises. Mais je n'ai rien dit. Je n'allais pas me plaindre de recevoir un cadeau prématurément.

Inutile d'imputer mon échec à ce livre: j'ai tenté de faire des origamis à l'aide d'autres manuels avec des résultats similaires. Même aujourd'hui, vingt-trois ans après, je n'arrive toujours pas à faire ce stupide héron. Je n'ai jamais su lire les diagrammes, je les voyais comme des devinettes indéchiffrables, avec leurs lignes pointillées et leurs flèches courbées. Je n'ai jamais compris comment ils distinguaient l'envers de l'endroit des feuilles. Maintenant que je suis un adulte qui ne sort jamais de son lit, je suis tenté de dire que ce problème persiste en moi et imprègne ma compréhension du monde: je continue à confondre l'envers et l'endroit. Mais la métaphore ne tient pas, elle paraît vide de sens, même si elle pointe quelque chose de vrai. En 1994, tout était chargé de sens et ma confusion entre l'envers et l'endroit était la confusion passagère d'un enfant tentant de faire des origamis et y échouant à chaque fois. Je ne peux pas dire non plus que l'origami ait fait de moi un champion de la patience par ma ténacité à persévérer malgré l'échec. Mais ce qui est sûr, c'est que l'origami fut une école de solitude: il m'a appris à passer de nombreuses heures en silence.

Ce mardi-là, le soir, mon père s'enferma dans sa chambre, après que Mariana et moi sommes partis nous coucher, et passa des heures à parler au téléphone. Je le sais parce que j'étais éveillé, nerveux, m'efforçant d'assimiler une ambiance que je sentais émotionnellement lourde, sans pouvoir dire pourquoi.

Le lendemain, je sortis de ma chambre à huit heures du matin et trouvai la maison baignant dans une espèce de calme tendu.

Il était arrivé qu'on se retrouve tous les trois, mon père, Mariana et moi, pendant que Teresa rendait visite le week-end à une cousine de Guadalajara, mais à ces occasions la transition était plus douce : ma mère nous laissait des instructions précises pour déjeuner et dîner, en plus de quelques suggestions de distractions, consciente que mon père était d'une totale incompétence dans les tâches les plus élémentaires de l'éducation des enfants. Cette fois, en revanche, elle eut recours au mensonge, en disant à ma sœur et à moi qu'elle reviendrait vite, et la réaction de mon père avait été plutôt violente, malgré ses efforts pour le dissimuler (son ton au téléphone, le premier soir, trahissait un désespoir critique). Aussi, en sortant de ma chambre le lendemain matin et en trouvant la maison silencieuse, je compris que ce silence était une des nombreuses nouveautés qui m'attendaient et auxquelles j'allais devoir m'adapter maintenant que Teresa était partie camper avec son énorme sac à l'épaule.

Je me servis une assiette de céréales au lait et retournai m'enfermer dans ma chambre. Les espaces communs de la maison me paraissaient soudain froids, étrangers, comme ceux de l'hôtel à Acapulco où nous étions allés une fois. Après le départ de Teresa, la maison de la Colonia Educación devint un territoire hostile que mon père, ma sœur et moi évitions le plus souvent, en nous réfugiant dans les sanctuaires de nos chambres. Dans cette solitude peuplée d'origamis ratés, de pétioles et de nervures principales, je passai les premières heures de la matinée – de cette première matinée d'orphelin qui aujourd'hui, vingt-trois ans après, palpite dans ma mémoire comme le premier matin de l'histoire, comme si jusque-là ma vie avait appartenu au territoire du mythe et que quelqu'un m'avait brusquement expulsé du paradis en me faisant choir par un toboggan rouillé dans le territoire sale et violent de l'histoire.

De la chambre de ma sœur, contiguë à la mienne, j'entendis la même cassette qu'elle avait passée sans arrêt toute la semaine : une sélection que l'une de ses meilleures amies avait enregistrée pour elle. Ces chansons me paraissaient toutes les mêmes : tintamarre de guitares frénétiques et braillements dans un anglais auquel les cours de langue à l'école ne m'avaient pas préparé (nous répétions des phrases comme "*The cat is under the table*"). Mais ce matin-là, ce premier matin de l'histoire, je compris ou crus comprendre le pouvoir expressif de ces cris et de ces bruits enragés où Mariana se réfugiait pour ne pas entendre le silence étouffant de la maison.

Vers deux heures de l'après-midi, mon père frappa à la porte de ma chambre et l'entrouvrit pour annoncer qu'il allait commander une pizza. J'insistai pour que ce soit une hawaïenne, sachant qu'en raison des circonstances exceptionnelles, il ne me refuserait aucun caprice. Il accepta avec bienveillance et je m'en réjouis non seulement parce que l'hawaïenne était ma pizza préférée, mais aussi parce que c'était celle que ma sœur détestait le plus. Cela, mon père ne le savait pas, en général il ne savait pas beaucoup de choses sur nous.

Ma sœur protesta contre ce choix : "Maman commande toujours moitié-moitié", se plaignit-elle en colère, et je pensai alors à mes origamis ratés. J'avais beau m'y efforcer, je n'arrivais pas à plier le papier ni les feuilles d'arbustes exactement à la moitié. La moitié me paraissait une idée utopique, accessible à la compréhension mais pas aux choses. Je me demandai si on pouvait plier une pizza à moitié, à l'exacte moitié, et parvins à la conclusion que probablement pas.

J'engloutis deux portions de pizza sans rien dire. Mon père non plus ne disait rien, ni ma sœur. Je pensai que le silence allait se prolonger jusqu'au retour de ma mère, si du moins elle revenait de son camping, avec son sac énorme à l'épaule et avec des cadeaux intempestifs pour tous, de nouveaux livres d'origami qui me révéleraient, une fois pour toutes, le secret insaisissable de la symétrie.

Ce soir-là, après m'être lavé les dents, je me suis regardé dans le miroir de la salle de bains, au-dessus du lavabo. Le miroir était un peu trop haut pour moi et, comme d'habitude, je dus me hisser sur la pointe des pieds pour voir mon visage complet. Je m'examinai avec soin. Une oreille plus grande que l'autre. La cloison nasale légèrement inclinée vers la gauche. Une canine de traviole – Teresa m'avait prévenu qu'il faudrait me poser un appareil dentaire, peut-être l'an prochain. Il aurait été impossible de plier mon visage par la moitié, pour en faire une figure d'origami plus ou moins présentable.

Je crois que ce fut le lendemain, avec les restes de pizza éparpillés sur la table de la salle à manger – cadeau de mariage que mon père, selon la légende, détestait depuis seize ans –, le lendemain, disais-je, que je conçus l'idée de voler la lettre que ma mère avait laissée. Il était évident que cette lettre n'était pas, comme elle l'avait dit en partant, arrivée comme un courrier ordinaire adressé à mon père, mais que c'était elle, Teresa, qui l'avait écrite, en guise d'explication ou d'adieu. C'était là un saut inductif relativement simple, même pour un enfant de dix ans.

Au début des vacances j'avais lu un de ces romans de mystère, un peu schématiques, publiés avec la devise "Choisis ta propre aventure". Les livres de cette collection invitaient le lecteur à prendre des décisions à la fin de chaque chapitre, en choisissant entre différentes possibilités. Celui que je lisais alors était un roman sur un enfant de mon âge qui devait délivrer son meilleur ami, détenu dans une caverne par un personnage mystérieux dont l'identité n'était pas encore révélée. Ce n'était pas, bien sûr, le premier roman de cette série que je lisais. J'en avais déjà lu un qui présentait un mystère semblable, mais situé dans l'Égypte ancienne, ainsi qu'un autre qui imaginait les inquiétants changements de l'an 2000:

voitures volantes, extraterrestres menaçants et autres créatures. Tous ces romans commençaient par le même avertissement qui, entre autres choses, disait : "Tu seras le responsable du résultat final." J'aimais bien cette deuxième personne du singulier, l'idée que le livre s'adressait directement à moi, que j'étais le personnage principal de l'histoire. Chacun de ces romans présentait une structure plus ou moins analogue : la couverture annonçait le nombre de fins différentes (jusqu'à trente) que le lecteur pouvait atteindre selon le trajet de lecture qu'il choisissait : les unes bonnes, d'autres mauvaises, certaines extravagantes.

Avec la subite disparition de ma mère, je pensais que la vie m'offrait un mystère semblable, que j'allais pouvoir percer à la manière d'un détective comme dans les romans *Choisis ta propre aventure*. Le point de départ logique, bien sûr, consistait à dérober la lettre sur la table de nuit de mon père, m'enfermer dans les toilettes pour la lire, puis la remettre à sa place sans que personne ne s'en rende compte. La principale difficulté était de trouver le bon moment pour m'emparer de la lettre. J'ai alors pensé que le mieux serait d'attendre que mon père sorte faire des courses. Je supposais que ma sœur serait enfermée dans sa chambre à écouter de la musique et, mon père absent, je pourrais ouvrir la porte de sa chambre – qui grinçait bruyamment – sans risquer d'être découvert, prendre mon temps pour lire la lettre de Teresa et ainsi percer le mystère de sa disparition.

Plus de vingt ans après, ce qui m'étonne de cette chaîne de décisions audacieuses prises à l'âge de dix ans est qu'à aucun moment je n'aie envisagé de demander à mon père ou à ma sœur de m'expliquer ce que diable il se passait.

Tandis que s'approchait le moment de dérober la lettre, je pouvais, en bon détective, avancer des hypothèses sur la disparition de ma mère. "Enquêter c'est imaginer en suivant des pistes", disait à un endroit le livre *Choisis ta propre aventure*, et cette définition me parut inspirante, aussi lâchai-je la bride à mon imagination en négligeant de nombreuses pistes que j'aurais pu suivre.

Mon grand-père était peut-être mort et maman partie chez la grand-mère pour être à ses côtés. Le grand-père de mon meilleur ami, Guillermo, était mort cette année-là. Triste et incrédule, Guillermo avait décrit, dans son récit des événements à son retour à l'école, des comportements étranges de ses parents : mensonges, secrets, fuites soudaines en pleine nuit.

À dix ans, je croyais que les choses mauvaises se passaient en général le mardi. (Maintenant que je suis un adulte qui sort rarement de son lit, je sais que les choses mauvaises ont lieu n'importe quel jour, et même tous les jours : c'est une constante, la trame temporelle des événements exceptionnels ou positifs.) Ce mardi-là, mon grand-père était peut-être mort. L'idée n'était pas complètement absurde. Peut-être qu'en ce moment Teresa était en train de l'enterrer. Je l'imaginai creusant une tombe, avec sa jupe préférée toute salie de terre, les ongles noirs, comme les miens quand je jouais au jardin public. Teresa me grondait chaque fois qu'elle me trouvait accroupi et sale au milieu des arbustes, en train de creuser des trous avec les ongles. Mais maintenant que j'y repense, elle ne me grondait pas exactement pour m'être sali, mais parce qu'elle disait que les rats vivaient au milieu des arbustes et qu'ils pouvaient me mordre. Peut-être que maman était en train d'enterrer mon grand-père dans le jardin, avec la jupe tachée, les ongles noirs et la crainte des rats pendant qu'elle s'affairait à cette triste besogne.

Je fis une pause dans mes recherches pour faire le point sur mes avancées. Si mon grand-père était mort, pourquoi Teresa avait-elle laissé une lettre ? Quand ma sœur s'était coincé le doigt dans la portière de la voiture, l'année précédente, Teresa avait envoyé un message sur le biper de mon père avant de nous emmener, Mariana et moi, à l'hôpital le plus proche (où le regard perdu d'une vieille femme dans la salle d'attente m'avait inspiré une peur profonde, primitive, presque animale, dont je n'ai jamais réussi à me défaire complètement). Si mon grand-père était mort, la chose normale et souhaitable eût été que Teresa, comme alors, envoie un message sur le biper de mon père, ou prévienne sa secrétaire à la banque. Mais elle avait pris le temps d'écrire à la main une lettre – que je devais lire si je voulais comprendre la raison de son départ.

2

Je devrais peut-être commencer avant. Avant 1994, je veux dire, avant ce mardi stupide. Écrire sur le passé, je m'en rends compte maintenant, c'est écrire vers l'intérieur, non vers l'extérieur : au lieu de continuer à raconter, il convient de préciser, d'éclaircir la scène en même temps qu'elle s'éclaircit dans ma mémoire.

Mon premier souvenir, le plus ancien, est celui-là : j'ai cinq ans et je marche en tenant ma mère par la main. Ma sœur n'est pas avec nous ce jour-là. Teresa et moi avançons dans l'allée extérieure d'un marché, le long des étals ouverts sur la rue ; nous passons devant un local aux murs duquel sont suspendus déguisements et *piñatas**. Je m'arrête pour regarder avec un intérêt infantile les tissus multicolores et Teresa lâche ma main pour se toucher la nuque. Soudain, elle s'effondre par terre. En moins de deux minutes la vendeuse s'en rend compte et demande en criant de l'aide à son mari, qui tient l'étal voisin. Aussitôt plusieurs personnes accourent pour secourir ma mère. Mais pendant cet instant éternel, avant que la vendeuse réagisse, je regarde ma mère par terre, les yeux fermés, et je pense qu'elle est morte. Je pousse un cri désespéré et, à travers mes larmes, je distingue son pantalon en toile de jean. Enfin, quelqu'un parmi les personnes venues à la rescousse apporte une petite fiole d'alcool et la réanime. Ma mère se touche la hanche, endolorie par la chute. Mes sanglots s'apaisent,

* Les mots suivis d'un astérisque renvoient à un glossaire en fin d'ouvrage. (*NdT*)

se tarissent et cèdent la place à une sensation de surprise, de soulagement, d'incrédulité. Teresa a ressuscité sous mes yeux. Elle me tend la main et, encore accroupie, désorientée et soutenue par des inconnus, elle me caresse la tête. C'est un miracle, mais à cet âge les miracles me paraissent encore naturels. La résurrection de Teresa ne me semble pas moins miraculeuse, par exemple, que l'apparition d'une petite pousse sur le coton humide où ma sœur m'a fait cacher, quelques semaines plus tôt, un haricot : les lois de la physique n'existent pas, un monde est un système de phénomènes arbitraires plus ou moins douloureux dans lequel la résurrection de Teresa devant les déguisements et les *piñatas*, dans l'allée extérieure du marché n'est qu'un événement de plus. Mais alors pourquoi mon premier souvenir est-il celui-là, et pas un autre ? Peut-être parce qu'à partir de ce moment, je me vois forcé de comprendre que les gens meurent, mais qu'ils peuvent revivre après et mener une vie normale, en apparence, pendant quelques années.

Un sentiment de solitude semblable à celui que j'avais ressenti sur ce marché s'empara de moi les jours qui ont suivi la fuite de Teresa en 1994. Le jeudi à midi mon père annonça qu'il allait faire les courses au supermarché, vaincu par l'évidence que nous ne pouvions nous nourrir que de pizzas livrées à domicile. Mariana était partie de bonne heure chez son amie Ximena et mon père insista pour que je l'accompagne au supermarché – il ne voulait pas me laisser seul –, mais je lui expliquai que je préférais continuer à pratiquer mon origami et il me permit de rester à la maison, en m'interdisant d'ouvrir la porte à des inconnus et d'entrer dans la chambre de Mariana pour mettre du désordre dans ses affaires (intrusion qui avait déjà provoqué des frictions entre nous).

Dès que j'entendis s'éloigner le bruit de moteur de la Tsuru, je me dirigeai d'un pas inutilement prudent à la porte de la chambre, décidé à voler la lettre de Teresa. La porte s'ouvrit avec son habituel grincement et je perçus avec une violence particulière les battements de mon cœur à chaque pas vers la table de nuit. Mais ces prolégomènes angoissés étaient vains : le tiroir de la table de chevet de mon père ne contenait que son passeport, des pièces de monnaie, les clés de son bureau et ses lunettes de lecture, qu'il ne chaussait jamais sous prétexte qu'elles lui donnaient un air idiot – ce qui était un peu vrai. Je fouillai alors les tiroirs de la coiffeuse, le placard (en prenant soin de tout remettre en ordre) et la table de nuit de l'autre côté du lit, celle de Teresa, où je ne trouvai que des colliers, un répertoire d'adresses et mon dernier bulletin de notes (dont Teresa m'avait félicité avec sa voix d'autiste). La lettre n'était nulle part.

Je consultai en vain mon livre *Choisis ta propre aventure* à la recherche de suggestions et d'idées pour poursuivre mes recherches, mais je n'avais pas assez d'indices. C'était comme essayer de construire une figure d'origami jamais vue sans avoir les instructions sous la main. La lettre, pièce qui promettait de me révéler le secret de l'intrigue, avait disparu. Tout semblait disparaître.

Vaincu, j'attendis dans ma chambre le retour de mon père chargé de sacs de supermarché et de barquettes de plats préparés (riz, escalopes panées, galettes de pommes de terre, salade de nopals, thé d'hibiscus). Comme nous n'étions que deux (Mariana était restée chez son amie), mon père accepta que l'on mange au salon. Nous nous sommes assis devant la table basse – moi par terre, lui sur le canapé – en prenant soin de ne tacher ni le tapis ni la moquette. La télé rediffusait la demi-finale de la Coupe du monde de football, Suède contre Brésil. Quelques semaines avant, le Mondial avait coopté toutes les conversations du pays, outre l'attention inébranlable de mon père. Moi, je me fichais bien des prouesses de Romário et de Bebeto, ce qui m'isolait considérablement de mes camarades d'école, mais me rapprochait de Teresa, qui détestait le football et les sports en général. Déçu, mon père cherchait alors la complicité de ma sœur, qui s'intéressait un peu plus que moi au football, auquel jamais je ne pourrais m'intéresser.

Mais cette fois, assis à côté de lui, si près que je percevais le parfum de l'adoucissant de sa chemise pendant que nous mangions les galettes de pomme de terre, en regardant un match dont nous connaissions d'avance le résultat, je compris que cela rendait mon père heureux et que feindre un enthousiasme momentané ne me coûtait guère. Cette découverte, indice subit de maturité de ma part, m'inspira un peu de tristesse, comme si en me montrant condescendant avec mon père je le voyais tout à coup comme une personne plus simple et plus vide; comme si je venais de comprendre qu'il manquait à mon père une intelligence ou une complexité que Teresa et moi partagions – et probablement ma sœur. Aussi, lorsque Romário marqua de la tête à la quatre-vingtième minute, qualifiant le Brésil pour la finale (qu'il allait emporter), je crus opportun de faire un commentaire sur la force de l'attaquant et vis mon père sourire avec innocence avant de se mettre à m'expliquer que le mérite revenait à Jorginho, un défenseur, pour la "passe extraordinaire" qu'il lui avait faite. Je me sentis plein de tendresse en constatant que mon père utilisait la même expression que le commentateur sportif quelques secondes avant. Ou peut-être est-ce une tendresse rétrospective que j'éprouve vingt-trois ans plus tard et que je projette sur l'enfant de dix ans que j'étais alors. Je ne sais pas.

Ce jeudi-là, je n'ai pas réussi à lire la lettre laissée par Teresa, mais assis devant la télé je pus entrevoir une piste fondamentale de sa disparition, une des raisons profondes qui avaient provoqué, ou du moins contribué, à sa mystérieuse fuite. Cette piste n'était autre que la désarmante simplicité de mon père, son manque de plis (une feuille vierge pour l'origami, son âme), sa passion pour le football, le niveau de conscience – moindre par rapport au reste de la famille – où il semblait se mouvoir.

Jusqu'à ce jour, mon père m'avait toujours paru comme un élément parmi d'autres de l'infrastructure domestique, une espèce d'automate qui fournissait le transport et un certain étiage d'affection, une sorte d'hybride d'animal de compagnie et d'appareil ménager. Il n'y avait pas de différence fondamentale entre mon père et les autres personnes figurant sur la toile de fond de mon drame personnel – par exemple, le vendeur du kiosque à journaux voisin. En revanche, Teresa, mais aussi ma sœur, étaient des personnes éclairées, touchées par la grâce d'un dieu que, dans ma mégalomanie infantile, j'imaginais en intime communication avec moi. Elles étaient, disons, dans le registre de l'Humain ; il n'y avait pas le moindre doute qu'elles possédaient une âme. De mon père, au contraire, on ne pouvait pas l'affirmer avec certitude.

Maintenant que j'y pense, je me souviens que ces années-là je me représentais un organigramme très clair de l'influence divine : Dieu m'avait choisi comme son être humain préféré ; au deuxième échelon, dans l'ordre d'importance descendant, se trouvait ma mère, puis Guillermo – mon meilleur ami de l'école –, et ensuite, indistinctement, ma sœur, un cousin et quelques camarades de classe. Telle était ma rachitique théologie. À l'encontre du catholicisme très enraciné de mes grands-parents paternels, ma mère m'avait élevé dans une laïcité belliqueuse que mon père assuma sans trop se poser de questions (en fait parce qu'il ne voulait ni n'était capable de s'impliquer, en quelque façon que ce fût, dans notre éducation). Les préceptes chrétiens étaient pour moi du chinois, et l'idée qu'un monsieur mort 1994 ans plus tôt pût être l'envoyé de Dieu, et non pas moi, me paraissait aussi absurde que peu pratique. Ce délire de grandeur se manifestait dans mes fantasmes les plus divers. Pendant que je pliais maladroitement et patiemment les papiers colorés de l'origami, je m'imaginais en train de dispenser des cours magistraux de la noble discipline japonaise devant un auditoire bondé de disciples enthousiastes. Et lorsqu'il arrivait à l'école que la maîtresse me réprimande devant toute la classe, je prononçais en moi-même les punitions liturgiques que je lui réservais, assuré que Dieu, quel qu'il fût, me ferait la faveur de les lui infliger en temps voulu.

Mon père n'occupait pas une place définie ni très éminente dans la théocratie égocentrique de mon enfance. Majordome périphérique, sa fonction se limitait aux très banales attributions de la survie – obtenir et maintenir nourriture et toit – comme on m'avait expliqué que telle était la tâche des gorilles mâles dans leur habitat, tandis que les femelles et les petits s'adonnaient à des activités plus élevées de l'esprit, comme jouer ou s'épouiller mutuellement.

3

La grenouille était, en théorie, une des figures les plus simples de l'origami. D'après mon livre, elle se situait au niveau "débutant", et c'était la deuxième figure dont on détaillait les instructions, juste après le héron et les indications générales pour réaliser les plis de base. Les miennes, cependant, ressemblaient à des grenouilles écrasées par une voiture, sur une route nationale, après une nuit de pluie. (Cela, je ne le savais pas encore car je n'avais jamais vu une grenouille morte dans de telles conditions, mais la vie allait se charger de confirmer cette comparaison à laquelle j'ai recours.)

Le lundi, presque une semaine après la disparition de Teresa, je fis, ou tentai de faire, quatre grenouilles avec les papiers multicolores qui accompagnaient mon livre d'origami. Partiellement déçu par les résultats, je lus un chapitre de mon livre *Choisis ta propre aventure*, puis, lassé de l'enfermement et du silence des six derniers jours de ma vie – et, plus important encore, de mes vacances –, je décidai de sortir me promener aux Canchas, ainsi que nous appelions une partie du jardin public qui séparait la Colonia Educación en deux.

Mon père m'accorda distraitement sa permission. Il avait profité du départ de Teresa pour prendre les très brèves vacances qu'on lui accordait tous les ans. Il passait ses journées enfermé dans sa chambre, assis devant sa table (dans un coin de l'immense chambre qu'il avait baptisée son "bureau", faute d'un autre espace disponible) ou bien au salon, à regarder fixement le téléviseur éteint en faisant craquer ses doigts – manie qui dérangeait Teresa et Mariana, mais qui me procurait une espèce de plaisir pervers : j'adorais entendre le craquement de ses phalanges pendant que nous regardions des films en famille.

J'entrouvris la porte de sa chambre et dis à mon père que j'allais sortir jouer au football. Un prétexte invraisemblable, inventé pour exploiter un peu la complicité qui nous avait unis pendant la demi-finale Suède-Brésil, mais il ne montra pas le moindre intérêt pour cette initiative et ne me félicita pas : il semblait occupé à la rédaction d'un document, assis devant l'écran noir et les brillantes lettres vertes de l'ordinateur (notre premier ordinateur qu'il avait acheté quelques mois plus tôt et que, tant ma sœur que Teresa et moi, à l'encontre des supputations paternelles les plus enthousiastes, avions olympiennement ignoré).

Aux Canchas il y avait un panier de basket (un seul) et sur un côté deux cages de but rouillées, où se donnaient rendez-vous les adolescents les plus connus du quartier, qui me paraissaient des adultes ensauvagés et hostiles, ne s'intéressant qu'à embêter les plus petits. Je n'allais jamais aux Canchas, tout au plus je passais devant lorsque j'accompagnais Teresa pour acheter le journal. Sur la carte émotionnelle que je m'étais tracée de la Colonia Educación, les Canchas n'étaient guère moins que l'Hadès : une région abominable où un enfant comme moi, adepte de l'origami et de l'ombre, ennemi du sport et de la bagarre, n'avait rien à faire un lundi de vacances.

À mesure que je me rapprochais du groupe d'adolescents réunis devant la cage de foot, je reconnus le Rat : leader d'une bande de voyous, célèbre pour sa consommation précoce de stupéfiants.

En 1994, le mot "drogue" ne me renvoyait qu'à des tatouages temporaires, du genre décalcomanie, que l'on trouvait dans l'emballage de certains chewing-gums. À l'école primaire Paideia – où nous allions, ma sœur et moi – s'était propagée la rumeur que ces papiers étaient parfois "contaminés" par des drogues et qu'en s'appliquant ces tatouages (de pirates ou de dinosaures) les enfants expérimentaient une folie aiguë et inquiétante, et parfois même en mouraient ou finissaient par vivre dans les tunnels de la ligne 2 du métro. Ces racontars exagérés, si hyperboliques qu'ils me paraissent aujourd'hui, étaient la Vérité indiscutable de mes dix ans, et chaque fois que j'apercevais le Rat, connaissant sa réputation, je l'imaginais couvert de tatouages temporaires de diplodocus et de corsaires, attaché sur un lit d'hôpital et pleurant des larmes de sang. C'est pourquoi je m'éloignai prudemment des Canchas, avant que le Rat et sa cohorte de sauvages décident, pour rompre l'ennui, de me prendre pour cible de leurs moqueries – chose qui s'était déjà produite.

Tout en marchant je pliais en deux des feuilles d'arbustes par la nervure principale. À la différence d'autres fois, au lieu de séparer les deux moitiés, je décidai de garder les feuilles avec les pétioles dans mes poches (une moitié dans la poche droite, l'autre dans la gauche, pour préserver dans ma personne la symétrie fondamentale exigée par l'origami). Absorbé par cette minutieuse activité, je ne me rendis pas compte que j'avais atteint l'angle de l'avenue où se tenait le kiosque à journaux auquel Teresa se rendait ponctuellement tous les matins. La voix du vendeur me sortit de mes cogitations : "Et pourquoi ta maman n'est pas venue ? Elle est en vacances ?" Je le regardai stupéfait. Que ce vendeur anonyme ait remarqué l'absence de Teresa me fut douloureux et, aujourd'hui encore, vingt ans après, il m'est difficile d'expliquer pourquoi. J'eus envie de lui dire que Teresa était partie camper, mais ma voix s'étrangla, comme si j'avais avalé un petit ballon qui restait coincé dans ma gorge. Le vendeur de journaux dut remarquer quelque chose de bizarre dans mon attitude, car il n'insista pas, au lieu de quoi il me tendit d'un geste solennel un exemplaire du journal que ma mère avait l'habitude de lire du début à la fin dans le salon, pendant que ma sœur et moi faisions nos devoirs, avant que mon père revienne du bureau. En couverture figurait, une fois de plus, une photographie de l'homme en passe-montagne avec sa pipe, en train de parler devant une foule. "Le sous-commandant Marcos prononce un discours pendant l'inauguration de la Convention nationale démocratique", était-il écrit en lettres minuscules sous la photo. Je ne pouvais pas le savoir encore, mais Teresa était un de ces points noirs de la foule en couverture du journal, une tête parmi de nombreuses autres.

En revenant à la maison, journal à la main, je décidai de faire un détour pour éviter les Canchas, où je supposais que la bande du Rat, restée sur place, était en train de faire des concours de crachats en attendant une victime qui leur permettrait de troquer leur ennui contre la cruauté. Je marchai le long de l'avenue – la limite jusqu'où j'avais la permission d'aller seul, selon les règles stipulées par Teresa – et passai devant des échoppes de tacos, la salle de billard du quartier et le café où Mariana retrouvait ses amies pour boire des cappuccinos et se sentir adultes. À chaque poteau de lampadaire, à chaque cabine téléphonique de l'avenue il y avait au moins une affiche de propagande électorale : un visage souriant – et au fond menaçant – regardait les piétons et les automobilistes avec une fixité plastifiée et une amabilité maladroitement feinte.

Je posai le journal sur la table basse du salon et, comme d'habitude, jetai mes tennis dans le couloir. J'explorai rapidement la maison et constatai que mon père était sorti. Il avait sûrement dit à Mariana où il allait, en lui confiant la mission de m'en informer, mais ma sœur parlait au téléphone, enfermée dans sa chambre. Quelques mois plus tôt, mes parents avaient cédé à son caprice, à mon avis injuste, de disposer d'un téléphone dans sa chambre. J'épiais parfois ses conversations, l'oreille collée à la porte, mais cette fois je ne le fis pas : je saisis l'opportunité de fouiner encore dans la chambre de mes parents pour voir si la lettre ou une piste insoupçonnée donnait un nouveau souffle à mes recherches, qui languissaient.

La chambre de mes parents était toujours dans la pénombre, avec d'épais rideaux invariablement clos et la lumière blafarde de la lampe de chevet de Teresa toujours allumée. Je suppose que mes parents se supportaient mieux sous cette lumière, se cachaient mieux l'un de l'autre dans cette intimité forcée de 40 watts, où les expressions de terreur ou de lassitude se confondaient, se prêtant même à des interprétations érotiques.

Je me souviens que je vis sur la table de nuit le petit chien en porcelaine que ma grand-mère avait offert à ma mère et que mon père avait critiqué avec une goguenardise bébête pendant plusieurs jours. C'était un de ces chiens de chasse aux longues oreilles, assis en position de repos, regardant le ciel avec un air de tendresse convaincante. Sous le chien, pliée et dépliée plusieurs fois – comme mes grenouilles ratées d'origami –, il y avait une feuille dans laquelle je voulus reconnaître, avant même de m'en approcher, l'élégante calligraphie de Teresa, allongeant les *l* et les *t* qui se confondaient presque avec les *q* et le *j* de la ligne supérieure. Je m'approchai en tremblant et, déplaçant délicatement le chien en porcelaine, je lus une ligne au hasard : "Je sais qu'il est inutile que je t'explique pourquoi j'ai dû partir au Chiapas, parce que tu ne comprendrais pas." Avant que je puisse continuer à lire, j'entendis la porte d'entrée qui s'ouvrait et la voix de mon père annonçant, avec une jovialité surjouée, qu'il était passé à la boutique de vidéos pour louer des films.

4

Teresa était une femme d'ordinaire réservée, avec un sourire un rien gêné qui lui déformait légèrement les commissures des lèvres. Ses yeux noirs fixaient l'interlocuteur comme cherchant à lui arracher un secret. Elle avait une chevelure épaisse que les premiers fils blancs marbraient du côté droit. Mon père avait beau persister à lui offrir des jupes et des robes des magasins Liverpool ou Sears, dans d'élégants tissus pastel, elle continuait de s'habiller comme avant leur rencontre : une étudiante en sciences politiques de l'UNAM des années 70, en jeans, chemisiers multicolores et *huipils** traditionnels. Et pour tout maquillage une discrète ombre noire sur les paupières (tout ça, je le découvre à présent, en regardant ses photos ; ma mémoire, comme dans tout ce qui suit, dépend ici de sources secondaires).

Elle avait fait la connaissance de mon père lors d'une fête, que tous deux évoquaient sur un ton complice dont je me sentais toujours exclu. Je ne l'ai jamais su avec certitude, et même adulte j'ai toujours eu honte de poser la question, mais je suis presque sûr que ma mère était tombée enceinte de Mariana par accident, au moment où elle commençait à peine à écrire son mémoire, et que ce fut pour cette raison qu'elle abandonna ses études. Les dates concordent avec cette hypothèse. Mon père, économiste, avait dû la persuader que de toute façon une licence en sciences politiques ne lui servirait à rien ; connaissant les nuances et les limites de sa compréhension, c'était très probablement ce qu'il pensait et continua de penser jusqu'à la fin de ses jours, fermé à tout changement synonyme pour lui de déclassement. Ma théorie est que mon père renfermait une contradiction : les aspects de Teresa qui l'attiraient le plus étaient aussi ceux qu'il voulait modifier à tout prix. Il était tombé amoureux d'une étudiante indépendante et politisée, mais voulait soumettre cette indépendance au joug du mariage et de la maternité. Il voulait que Teresa ait ses propres opinions, mais seulement pour pouvoir les contredire, pour rejeter ces mêmes opinions avec morgue et arrogance. Il était comme l'entomologiste qui tombe amoureux du vol d'un papillon et décide de lui enfoncer une épingle dans le ventre. Je redoute de l'admettre, mais moi aussi j'ai aimé de cette façon : en cherchant l'annihilation de tout ce que je désire presque sans m'en rendre compte.

Ce n'est qu'une simple déduction, mais il me paraît probable qu'au fil du temps Teresa regretta son renoncement aux études. Il n'a pas dû être facile, une fois levé le voile du premier amour, de découvrir que mon père était un type moins sympathique qu'ordinaire et que la vie de femme au foyer dans la Colonia Educación était fade, dépourvue d'intérêt et de sens historique. Mais si elle persista à lire le journal tous les jours, de la première à la dernière page, si elle continua à rencontrer de temps en temps ses amies de l'université (qui lui parlaient de leurs maîtrises, de leurs doctorats, de leurs postes dans l'administration publique), et si elle participa aux opérations de sauvetage lors du tremblement de terre de 1985, me confiant plusieurs jours, âgé de deux ans, aux bons soins de ma grand-mère, c'est parce que Teresa résistait à être cette femme au foyer que mon père et une bonne partie de la société attendaient qu'elle fût.

Teresa continua d'aller à des manifestations pendant les premières années de Mariana. Mon père réagit avec inconstance à ces activités. Parfois, il souriait comme s'il était attendri par la ténacité politique de Teresa, et parfois il s'exaspérait et lui demandait d'arrêter de perdre son temps. Elle fit partie des comités et fit du porte-à-porte dans la Colonia Educación pour recueillir des fonds destinés au Nicaragua, au Salvador ou au Guatemala. Les voisines la regardaient avec méfiance et les commerçants du quartier plaignaient mon père de s'être marié avec une femme aussi discutailleuse, disaient-ils. Puis Teresa tomba enceinte de moi et sembla se calmer un peu. Une complication de sa grossesse l'obligea à rester au repos pendant près de quatre mois et mon père, secrètement soulagé, engagea une femme qui se chargea provisoirement de préparer les repas et d'aller chercher Mariana à l'école.

Ma venue au monde signifia une capitulation – du moins partielle – pour Teresa. Comme j'étais un bébé fragile et maladif, ma mère substitua les cliniques pédiatriques aux comités de soutien et les nuits de veille aux manifestations. Sa participation aux brigades de sauvetage à la suite du séisme de 1985 fut en quelque sorte le chant du cygne de sa ferveur politique, qui s'éteignit pour entrer dans une phase d'hibernation pendant neuf longues années.

Les mois précédents sa disparition (sa fugue), Teresa s'était enferrée dans des disputes de plus en plus âpres avec mon père. Même s'il s'agissait d'une violence contenue, d'un mépris mutuel jamais explicite, il n'était pas rare que mon père, à court d'arguments, explose en criant. Depuis le 1er janvier de cette année, leurs positions s'étaient radicalisées en des directions contraires, avec l'apparition sur scène de l'Armée zapatiste de libération nationale et l'entrée en vigueur de l'Accord de libre-échange nord-américain. Mon père, qui travaillait au département des prêts agricoles d'une banque nationale, considérait l'ALENA comme un événement aussi important que la deuxième venue du messie. Teresa, de son côté, plaçait tous ses espoirs dans le soulèvement indigène des hauts plateaux du Chiapas.

La Colonia Educación, où nous habitions, de classe moyenne conservatrice, paraissait plus conforme aux convictions de mon père, et il fut très vite évident que ma mère n'avait aucun allié dans ce contexte homogène. Je tentais, de toutes mes forces, de devenir cet allié. Je préférais la lecture au sport, j'essayais de contrarier mon père et je feignais le plus grand intérêt – invraisemblable chez un enfant de dix ans – pour les sujets qui tenaient à cœur à Teresa. Aussi me sentais-je frustré de constater que, malgré mes efforts notables, la sympathie de ma mère penchait toujours du côté de Mariana. C'était à elle qu'elle s'adressait quand elle se lançait dans ses constantes diatribes contre le gouvernement, comme si elle cherchait à n'instruire qu'elle – comme si elle me savait perdu, condamné d'avance à marcher dans les rangs ennemis. Récemment, j'ai recoupé ces souvenirs avec ceux de Mariana et elle m'a assuré que ce n'était pas du tout comme ça, que Teresa s'adressait à tous les deux, que si l'effort pour l'endoctriner paraissait plus important, c'était parce que Mariana était plus grande et comprenait mieux ses arguments. Ces explications, bien que plausibles, ne me suffisent pas : j'ai grandi avec le sentiment indubitable de ne pas être le préféré, peut-être parce que l'enthousiasme de mon père à la naissance de son fils m'a ruiné à jamais aux yeux de Teresa.

Au fil des années, je me suis souvent demandé pourquoi Teresa ne nous avait rien dit avant de partir. Du moins à ma sœur qui, contrairement à moi, avait l'âge et la maturité qui lui auraient permis de comprendre cette décision. Aujourd'hui, je peux comprendre parfaitement les raisons de son départ, et cela fait déjà des années que je suis parvenu à une espèce de paix avec le fait qu'elle ait décidé de changer de vie, en me laissant derrière elle comme un élément parmi d'autres d'un monde qui avait cessé de lui suffire.

5

Mes efforts avec l'origami empiraient de jour en jour, du moins c'était mon impression. Avant de dominer la grenouille et le héron, j'avais voulu expérimenter des figures plus complexes. Résultat : des boules informes de papiers trop souvent pliés et dépliés. (Le papier a l'inconvénient d'être fait pour rappeler nos erreurs, soit que l'on écrive dessus, comme je le fais maintenant, soit qu'on le plie et le déplie, comme je le faisais alors.)

Mariana et moi étions encore en vacances, mais mon père en revanche avait repris le travail. Convaincu que le mieux était de me traiter en adulte, pour que les rigueurs de la vie réelle me tannent le cuir le plus tôt possible, il décida que je pouvais – et devais – rester seul à la maison. Ma sœur passait toute la journée avec ses amies, qu'elle accompagnait se faire percer les oreilles au Bazar Pericoapa, ou faisait avec elles des soirées pyjama qui dégénéraient en fêtes ou concerts improvisés.

La perspective de rester seul à la maison m'excitait, mais me faisait aussi très peur. J'avais entendu d'innombrables histoires sur le Voleur d'enfants : un personnage inquiétant qui parcourait les rues du quartier en fourrant les enfants dans une espèce de sac qu'il portait ensuite à l'épaule. Je ne comprenais pas très bien quel était le but ou le modus operandi du Voleur d'enfants, et ça m'angoissait d'imaginer pour quelle raison il voulait séquestrer tous ces enfants, la menace me paraissait hautement probable et m'empêchait de trouver le sommeil. Par ailleurs, rester seul signifiait avoir le contrôle sur les programmes de télévision, ainsi que pouvoir fouiner dans le placard de ma mère, à la recherche de nouvelles pistes qui m'aideraient à comprendre ce qu'elle était en train de faire dans le Chiapas et quand elle pensait revenir à la maison.

Dès que je me suis retrouvé seul, le premier jour où mon père est retourné à la banque, je me suis rendu compte que ma peur du Voleur d'enfants croissait avec le silence imparfait de la maison déserte : chaque porte grinçait, chaque goutte claquait dans le lavabo, le moindre craquement des murs ou l'ombre qui tremblait avec le balancement d'une lampe devenait une présence abominable, le présage de la vie misérable qui m'attendait, errant dans les rues de la ville, enfermé dans un sac, avec d'autres enfants qui avaient eu la malchance de rester seuls chez eux. Comme je ne pouvais pas me concentrer sur l'origami et que je n'osais pas encore fouiller dans le placard de ma mère à la recherche de nouvelles pistes, je décidai d'employer la matinée à me préparer le mieux possible à toute éventualité : j'allais construire un refuge, un bunker où je serais à l'abri du Voleur d'enfants.

Le meuble où je rangeais mes vêtements était une armoire en bois brut, à peu près de ma taille, munie du côté droit d'une rangée verticale de tiroirs et, du gauche, d'une penderie avec des cintres. Mais cette partie du meuble me servait en réalité à entasser mes jeux et diverses babioles, car, à dix ans, je n'avais ni chemises ni vêtements à suspendre sur des cintres. Je vidai le placard et rangeai en désordre tous ces objets sous mon lit. Puis j'entrai dans cette espèce de cercueil vertical et m'assis, jambes repliées, sur le bois froid. C'était une bonne cachette, assez spacieuse pour passer quelques heures sans bouger, mais ce n'était pas un endroit particulièrement confortable. Je me dis que ce serait une bonne idée d'y adjoindre deux oreillers pour être plus à l'aise : un pour le dos et l'autre en guise de siège. Mais comme il n'y avait pas d'oreillers supplémentaires et que je risquais de me trahir en prenant ceux de ma sœur ou les coussins du salon, je décidai de fabriquer mes propres oreillers : je remplis deux T-shirts de la collection de chaussettes orphelines rangées dans le tiroir inférieur du meuble. Ce n'était pas la solution la plus élégante, mais elle suffirait pour le moment. Je réfléchirais plus tard à la manière d'améliorer mon refuge.

Enfin, en me servant de lacets, j'inventai un mécanisme de fermeture de l'intérieur des portes sans risquer de me coincer les doigts. Lorsque j'eus terminé, je m'assis à l'intérieur, jambes repliées, et je fermai le "sas" (comme je décidai de nommer la porte du placard, fidèle à l'imagerie sous-marinesque qui, deux ans plus tôt, avait été le noyau de toutes mes obsessions). L'intérieur du placard était plongé dans une quasi-obscurité, sauf un filet de lumière qui s'infiltrait par la partie supérieure du sas. Ce filet de lumière m'embêtait un peu, car dans ma logique infantile il me semblait que si je pouvais voir quelque chose de l'extérieur, il était plus que probable qu'on pourrait me voir également de l'autre côté, aussi passai-je un moment à tenter de sceller cette fente pour obtenir une capsule totalement isolée, obscure comme la nuit la plus obscure, comme le grand sac dans lequel le Voleur d'enfants emportait ses proies.

Je ne sais d'où je sortis l'idée de baptiser mon refuge "Capsule à luminosité zéro". Je suppose que cela venait de quelque chose vu à la télé, ou lu dans mes romans de *Choisis ta propre aventure,* ou peut-être dans une bande dessinée. En tout cas, je traçai au feutre sur un petit écriteau le nom officiel de mon refuge, que je collai avec du ruban adhésif à l'intérieur du placard. Je comprendrais ensuite l'inutilité de ce geste, puisqu'il était impossible de lire dans l'obscurité. Toutefois, je pensai qu'il était suffisant de savoir que le nom de cet engin miraculeux était inscrit quelque part ; cela donnait un caractère formel à l'affaire et dotait le jeu d'un certain protocole.

L'idée était de passer le plus de temps possible enfermé dans la capsule. Si le Voleur d'enfants venait me chercher, je serais caché là, protégé par l'obscurité. Je me répétai plusieurs fois la conduite à tenir en cas d'urgence – rester immobile et silencieux – et il me sembla que je pouvais perfectionner la stratégie en laissant un petit message sur mon lit : un de ces papiers rouges dont je me servais pour l'origami, plié et déplié à l'infini, sur lequel on lirait, de ma déplorable écriture : "Papa, je suis sorti jouer avec le Rat, je reviens vite." Satisfait de mon bref billet, je décidai que j'étais prêt à affronter le redoutable ennemi. Si le Voleur d'enfants inspectait la maison, il allait trouver ce petit mot et penser qu'il n'y avait aucun enfant à voler ici. De plus, ma prétendue amitié avec le Rat ferait de moi une victime conflictuelle : si le Voleur d'enfants connaissait les différentes tribus du quartier (ce qui était plus que probable), il se verrait obligé d'admettre que j'appartenais à ce groupe de voyous préadolescents qui portaient des tatouages temporaires aux propriétés hallucinogènes. Une telle victime était moins propitiatoire qu'un chiard de dix ans qu'on avait laissé seul à la maison.

À midi, j'allai à la cuisine et me préparai une *quesadilla** en observant les instructions très précises que m'avait données mon père sur la manière d'utiliser la cuisinière sans incendier la maison. Le résultat fut un peu décevant. Teresa n'avait jamais été une cuisinière exemplaire, en fait elle détestait cuisiner, mais elle avait un tour de main magique pour les *quesadillas*. Je me suis demandé quel était son secret. Peut-être que je pourrais aller au Chiapas pour lui poser la question. Mon père rentrerait du travail, ma sœur de sa fête, ils trouveraient le petit papier rouge disant que j'étais avec le Rat, alors qu'en réalité je serais dans le Chiapas en train de demander à Teresa comment on fait de bonnes *quesadillas*. Cette idée me trotta dans la tête pendant le repas.

Je ne savais pas très bien où se trouvait le Chiapas, sauf que c'était loin et dans le Sud. J'essayai de me rappeler la carte de la république suspendue à un mur de la salle de classe, mais ce n'était qu'une tache floue dans ma mémoire. En tout cas, arriver au Chiapas devait prendre beaucoup plus de temps que d'aller au Zócalo, où mon père nous avait emmenés une fois à Noël (dans mon souvenir, le trajet en métro avait duré un jour entier, et le Zócalo représentait depuis lors l'idée du lointain). Après la *quesadilla*, je mangeai deux bols de céréales avec du lait, heureux de ne pas être soumis à un contrôle de ma consommation de sucre.

Jamais je n'avais eu autant de secrets et j'en éprouvais une espèce d'anxiété agréable, comme l'attente d'une fête d'anniversaire qui, si elle n'est pas sereine, peut provoquer un épisode de miction nocturne. D'un côté, je savais où se trouvait Teresa (dans un endroit appelé Chiapas), et de l'autre je disposais dans ma chambre d'une machine capable de me rendre invisible, ma "Capsule à luminosité zéro". Ces deux secrets me brûlaient et je regrettais que mon ami Guillermo ne soit pas là, car cela aurait été un soulagement de pouvoir les partager avec lui.

Malgré la disparition de ma mère et mon échec continuel en origami, ces vacances étaient les plus intéressantes que j'avais vécues jusque-là. J'eus l'impression qu'un abîme me séparait de mes camarades d'école, qui étaient tous à Acapulco, à Cuernavaca ou dans une station balnéaire, à passer du bon temps en compagnie de leurs familles conventionnelles, pendant que je déchiffrais de mystérieuses disparitions, j'évitais des criminels par mes propres moyens et je me distrayais avec l'art ancien et réputé de l'origami – et l'art tout aussi ancien et réputé d'être seul. Je pensais qu'à mon retour à l'école, tous les enfants de ma classe me demanderaient des conseils et respecteraient la sagesse et l'expérience que j'avais acquises pendant l'été. Peut-être que dans le récit de mes vacances j'ajouterais quelques exagérations aventureuses pour susciter encore plus la surprise. Je leur dirais, par exemple, que pendant l'été, en plus d'être resté sans la surveillance d'un adulte pendant plusieurs jours, j'avais construit d'authentiques villes d'origami. Je pourrais aussi leur dire que ma Capsule à luminosité zéro était réellement une machine complexe, une espèce de micro-onde paranormal, et pas seulement un placard équipé de coussins fourrés de chaussettes orphelines.

6

Je suppose que mon père avait dû parler avec quelqu'un (un collègue de bureau ou une secrétaire, par exemple) qui en savait un peu plus que lui sur l'éducation des enfants et lui avait dit que ce n'était pas une très bonne idée de me laisser seul à la maison, huit heures par jour, juste après que Teresa eut disparu de notre vie. J'ai du mal à imaginer que lui-même, sans l'aide de personne, se soit rendu compte que cette situation était un peu risquée du point de vue de ma santé mentale. Mon père n'a jamais été capable d'anticiper la douleur d'autrui. La vie intérieure des autres – y compris de ses enfants – fut toujours un coffre-fort dont il ignorait la combinaison. Il était incapable d'empathie et prenait toutes les décisions en fonction de ses propres sentiments et besoins. Parfois, en repensant aux années passées sous sa tutelle, je suis encore étonné que Mariana et moi ayons survécu.

Le fait est que mon père décida qu'il ne pouvait pas me laisser seul tous les jours et comme il ne pouvait pas non plus m'emmener au bureau avec lui (ce qui aurait éveillé des soupçons et des questions parmi ses collègues, et il fallait sauvegarder les apparences), il finit par se résoudre à me laisser à la garde de ma sœur. Faisant un effort surhumain pour rompre son mutisme ébahi sur le sujet, mon père interrompit un soir le film que nous regardions (au grand dam de Mariana, qui se plaignit aussitôt) et nous demanda de nous efforcer d'être ensemble "le temps que Teresa revienne".

"Être ensemble", bien sûr, signifiait que Mariana devait être ma nounou et qu'elle ne pourrait pas s'éclipser tous les matins pour rentrer à la nuit tombée, comme elle le faisait, pendant que je passais la journée à tenter en vain de dominer l'art de l'origami. Ma sœur le regarda, incrédule, et, non sans raison (maintenant je le comprends), protesta : "C'est pas normal que tu gâches mes vacances juste parce que ma maman a décidé de partir."

Mariana a toujours appelé Teresa "ma maman", alors que moi j'ai toujours dit simplement "Teresa". Parfois, Mariana ou mon père essayaient de me corriger, de m'obliger à dire aussi "ma maman", mais Teresa n'a jamais paru s'en soucier. C'était son nom, après tout. Cependant, je me demande maintenant si cette différence entre ma sœur et moi n'a pas marqué d'une certaine manière notre expérience en tant qu'enfants. Peut-être que Mariana était un peu plus la fille de Teresa, peut-être que j'aurais dû moi aussi l'appeler "ma maman" depuis le début.

Mon père et Mariana ont négocié un moment pendant que je mangeais des bols de céréales au sucre et que j'essayais d'imaginer des fins pour le film qui était resté sur pause. Je ne me souviens pas de ce film, mais je suis presque sûr qu'il y avait des dinosaures, ou des extraterrestres, ou des dinosaures extraterrestres. Tout en imaginant des dénouements possibles, je faisais semblant d'être indifférent à leur discussion. Finalement ils aboutirent à un accord : Mariana pouvait inviter ses amis à la maison pour ne pas s'ennuyer, et moi je devais leur "laisser leur espace" et aller jouer dans ma chambre.

Le lendemain matin, mon père partit très tôt à son travail et Mariana et moi avons déjeuné seuls. Elle m'expliqua que des amis à elle viendraient à la maison et qu'il m'était catégoriquement interdit de m'adresser à eux ou de leur poser des questions idiotes. Quelques heures plus tard, peu après midi, les premiers amis de Mariana commencèrent à arriver : Citlali, Ximena, Javier. Je connaissais par cœur leurs prénoms, mais eux ne connaissaient pas le mien : j'étais simplement "le frère de Mariana".

Quand arriva une deuxième fournée d'adolescents, la chambre de ma sœur se révéla trop petite et ils prirent possession du salon. Ils mirent de la musique très fort et l'un d'entre eux apporta quatre canettes de bière qu'ils burent à petites gorgées, en feignant d'en apprécier le goût. Je faisais des expéditions discrètes à la cuisine pour y chercher un verre d'eau et voir ce qui se passait. Ça m'énervait d'être exclu de la petite fête, mais je savais que Mariana allait se mettre en colère si je restais à les espionner. Heureusement, sa copine Citlali profita d'une de mes incursions à la cuisine pour me parler. Elle me demanda si j'aimais la bière et rit sans attendre ma réponse, peut-être amusée par ma nervosité. "Il est mignon ton frère", dit-elle à Mariana, qui réagit troublée. Je supposai qu'elle n'avait pas prévu cette arrivée de bières et qu'elle était gênée de me demander de garder le secret devant mon père. Si elle me le demandait, elle aurait automatiquement une dette envers moi et savait que je pourrais exiger en contrepartie une pizza hawaïenne, ou de parler avec Citlali pendant des heures sans qu'elle puisse me faire le moindre reproche. Mais elle n'avait pas d'autre solution : Mariana m'entraîna à part et me fit promettre de ne rien dire sur les bières ni sur les invités garçons qui étaient arrivés (quatre ou cinq adolescents avec des T-shirts immenses qui tentaient de surmonter leur honte et de parler avec les filles). Je jouai l'offensé devant la demande de Mariana et lui répondis à haute et intelligible voix, conscient que ses amies nous écoutaient : "Jamais je ne dirai rien." Citlali et Ximena, qui étaient tout près, ont ri avec tendresse et Mariana a rougi.

Je me souviens que j'avais aimé cette tendresse féminine, qui me parut une perspective nouvelle et désirable : en vivant avec Teresa et Mariana, je ne l'avais jamais ressentie. Tant Teresa que ma sœur exprimaient leur affection de façon indirecte, sans tomber dans le gnangnan ni être trop explicites. L'effervescente tendresse de Ximena et de Citlali était en revanche une fenêtre ouverte sur un monde d'attentions que, sans le savoir, j'avais désirées depuis ma plus tendre enfance : j'avais envie de rester avec elles, de prononcer des phrases attendrissantes et d'écouter leurs voix flûtées, de recevoir leurs gestes d'approbation. Et plus encore, j'avais envie de me frotter à elles comme un chat, de caresser leurs chevilles de mon dos, et que cette excentricité leur paraisse encore plus tendre, qu'elles soient sur le point d'exploser de tendresse. Mais cela eût été aller trop loin : la menace de ma trahison avait beau peser sur ma sœur, face à un tel jeu de rôles elle m'aurait pincé, tiré par les cheveux, enfermé dans le minuscule W.-C. du rez-de-chaussée de la maison.

Puisque ma complicité m'avait gagné le droit de rester à la fête, je décidai de m'y intégrer sans trop attirer l'attention – malgré l'envie que j'en avais. Je m'y efforçai vaillamment, mais la vérité est que les conversations ne m'intéressaient guère. Personne ne parlait d'origami, du Voleur d'enfants, ni de la construction de capsules à luminosité zéro dans un placard. Ils ne parlaient pas non plus de *Choisis ta propre aventure*, malgré ma timide tentative pour introduire le sujet. Ils ne parlaient que de petits amis, de groupes musicaux et de ce qui les attendait au lycée (où ils allaient entrer en septembre). D'autres adolescents arrivèrent, ils étaient maintenant une vingtaine, et je pensai qu'il n'y avait jamais eu autant de gens dans le salon ; peut-être jamais autant dans toute la maison, pas même pour mon septième anniversaire où Teresa, de manière exceptionnelle et inattendue, m'avait laissé inviter toute la classe pour casser une *piñata*.

Les adolescents se saluaient en se faisant la bise, ce qui éveillait en moi une envie profonde. J'aurais aimé que les amies de Mariana me considèrent comme un égal et me barbouillent les joues de salive, qu'elles viennent dans ma chambre pour admirer les prouesses que je réalisais avec un simple carré de papier coloré : "Ça c'est la grue, je leur aurais dit. Si tu maîtrises cette figure, tu as fait le premier pas sur le chemin de la maîtrise de ta propre peur." C'était une phrase que j'avais préparée au cas où quelqu'un m'interrogerait sur mes loisirs, mais malheureusement je n'avais jamais eu l'occasion de la prononcer.

Ils commandèrent quelques pizzas géantes, dont j'ai mangé une petite part bien qu'il n'y ait pas d'hawaïenne : Citlali, que je trouvais très jolie (ses cheveux sentaient le chewing-gum), les avait voulues au salami. Peu après, comme attiré par les restes de nourriture et par le commencement de l'ennui, apparut le Rat. Mariana lui ouvrit la porte et il entra suivi de sa cohorte d'imitateurs. L'un d'eux portait un foulard rouge noué sur la tête, tel un ninja autochtone. Un autre avait un anneau au sourcil, ce qui m'impressionna beaucoup.

Je fus surpris de voir une célébrité du quartier dans notre salon. Cela ne serait jamais arrivé si Teresa avait été là, ai-je pensé. La réunion de Mariana grossissait en dimensions et en risques sérieux. Je fus un peu accablé à l'idée qu'ils pouvaient en arriver à consommer des drogues – celles des tatouages temporaires – ou à s'adonner au sexe : deux activités sur lesquelles j'en savais très peu, mais qui étaient en général attribuées aux adolescents (pas aux adultes : les adultes buvaient de la tequila et faisaient l'amour, ce qui était à l'opposé de se droguer ou de s'adonner au sexe, selon ma cosmovision de l'époque). De nouvelles bières se matérialisèrent sur la table et je décidai qu'il était temps de leur "laisser leur espace", comme l'avait indiqué mon père. De plus, l'effort surhumain pour me faire accepter, pour feindre de m'intéresser aux critiques contre la prof de physique de troisième, était devenu fastidieux.

Je montai dans ma chambre et fermai la porte. Je découvris par terre le mot prétendant que j'étais sorti jouer avec le Rat, et qui soudain me parut stupide. Je le déchirai en plusieurs morceaux que je cachai en différents endroits de ma chambre : je ne voulais pas que quelqu'un les rassemble, comme j'avais appris qu'on pouvait le faire dans *Choisis ta propre aventure*.

J'essayai de faire une pagode d'origami. Une pagode est une maison chinoise, mais dans celle que je fis personne n'aurait pu habiter : c'était un papier froissé, dont les plis ne restaient pas en place. Si une famille de Chinois faits en origami avait vécu dans ma pagode, ils auraient beaucoup souffert. La mère origami se serait enfuie dans le Chiapas, c'est sûr.

7

Les jours suivants, la dynamique de la fête se répéta, avec des variantes. Les réunions n'étaient pas toujours aussi massives, bien sûr, et il n'y avait pas toujours des bières et de la pizza. Parfois il n'y avait que Citlali, Ximena et ma sœur assises par terre des heures durant dans le salon, à se plaindre de l'incompréhension totale de leurs parents, à enregistrer des cassettes thématiques de chansons de divers groupes et à parler de la taille de leurs nichons respectifs. Mais souvent, en plus de Citlali et Ximena, le Rat se pointait, pas toujours accompagné de ses acolytes.

Un matin, en sortant de ma chambre après une prolifique séance d'"origami à l'aveugle" – discipline consistant à plier des papiers au toucher, dans ma Capsule à luminosité zéro –, je découvris le Rat assis tout seul dans un fauteuil du salon. Je lui demandai très timidement où était ma sœur et il me répondit qu'elle était sortie acheter quelque chose. Je retournai dans ma chambre, inquiet qu'il en profite pour voler le téléviseur ou un autre appareil.

Au fil des jours je compris que la réputation du Rat était pour le moins exagérée : c'était un adolescent aussi banal et apathique que n'importe quel autre ami de ma sœur (à l'exception de Citlali, dont le parfum de chewing-gum me ravissait, revenant par vagues dans ma mémoire des heures après l'avoir perçu). Au moins, lorsqu'il était dans notre salon, le Rat ne se mettait pas des tatouages temporaires ni ne donnait l'impression d'un type particulièrement dangereux. Il fumait, ça oui, avec une constance que je n'avais observée que chez ma maîtresse de mathématiques, une femme obèse dont les pulls sentaient le pipi de chat et les cendriers pleins.

Pour tout enfant éveillé, la présence de plus en plus fréquente du Rat dans mon salon, en l'absence de mon père, aurait eu une explication évidente : il draguait ma sœur. Et pourtant le sous-entendu érotique de l'affaire m'échappait, préoccupé que j'étais par la lecture symbolique des faits et, bien sûr, par la subite disparition de Teresa, dont les effets ne cessaient de se multiplier.

Selon ma théorie, le Rat fumait dans le salon parce que, d'une certaine manière, je l'avais invoqué en écrivant cette note mensongère informant mon père que j'étais sorti jouer avec lui. Après l'avoir invité dans ma vie, sur le mode de la fiction, le Rat avait répondu à cet appel sur celui de la réalité. Qu'il soit devenu un proche de Mariana n'était qu'une conséquence de cette invocation première.

Séduit par cette nouvelle variante de ma mégalomanie, je me mis à écrire de petits mots mensongers sur les sujets les plus divers, en espérant qu'ils auraient des conséquences équivalentes dans la réalité. Pour accroître l'effet magique ou parapsychologique de mes invocations, j'écrivais ces notes – expression de mes désirs les plus secrets – sur les papiers multicolores de l'origami, puis je les pliais en d'imparfaits hérons et d'abstraites pagodes, convaincu qu'ainsi se réaliseraient prestement mes fantasmes.

J'écrivis une fin différente au Mondial de football, j'écrivis sur un voyage dans le temps effectué dans le confort de mon placard et j'écrivis, enfin, sur le retour inattendu et heureux de Teresa, un matin quelconque, tenant dans ses mains une pizza hawaïenne. Mais le Brésil est resté champion du monde, ma Capsule à luminosité zéro était toujours un triste placard avec des coussins et

Teresa n'est revenue, ni avec ni sans pizza, aucun matin de ce long été. Teresa n'est revenue, en fait, aucun matin d'aucune saison d'aucune année.

8

Un jour mon père nous annonça qu'il rentrerait du travail plus tard que d'habitude. Il nous fournit plus d'explications qu'il n'était nécessaire : les multiples implications que la signature de l'ALENA signifiaient pour son travail. Je ne savais pas ce qu'était l'ALENA, mais je savais que rien de ce qui exigeait une signature n'était amusant ou intéressant. Un des moments les plus redoutables de l'année était lorsque Teresa signait mon bulletin de notes. Pour ses seize ans, Mariana avait passé deux semaines à s'exercer sur sa nouvelle signature définitive : une calligraphie de son nom qui me parut incompréhensible. Un beau jour, elle apposa sa nouvelle signature sur un document important que Teresa avait laissé près du téléphone, ce qui lui valut une sévère réprimande. À une kermesse de l'école, l'année précédente, j'avais dû signer mon acte de mariage : mon épouse – une fillette de ma classe dont le nom, Karime, me semblait séduisant et mystérieux – se moqua de ma signature et décida que notre mariage était rompu, quelques secondes après avoir commencé. En résumé, les signatures appartenaient à la partie la plus trouble du monde des adultes, j'en ai donc conclu que le retard annoncé de mon père, ce soir du mois d'août, était imputable à un événement néfaste, et je m'inquiétais un peu.

Mariana, en revanche, parut se réjouir d'apprendre que mon père rentrerait tard, ce qui lui offrait une plus grande latitude pour fumer des cigarettes avec le Rat, boire de la bière avec Citlali et enfreindre encore les règles tacites du foyer. Moi, je trouvais ce désir de transgression incompréhensible, non que je sois particulièrement respectueux de l'autorité établie ou des règles imposées par Teresa, mais parce que j'étais particulièrement attaché aux répétitions et aux modèles, à la forme avec laquelle les jours paraissaient se plier sur le même axe, comme un papier carré qui exhibe la mémoire de ses pliures. La transgression des règles, fin ultime et désir quasi obsessionnel de ma sœur, était pour moi comme plier la feuille dans le sens contraire à celui indiqué par la pliure, comme ignorer toutes les pistes qui signalaient à cor et à cri qu'il fallait choisir une aventure déterminée. J'appris plus tard qu'un papier ne peut être plié qu'un certain nombre de fois et que les aventures qui vous conduisent au dénouement le plus satisfaisant d'une histoire ne sont pas celles que vous avez choisies en soupesant rationnellement la signification des pistes, mais bien plutôt celles entreprises dans la chaleur de l'instant – ce papier sans plis, cet éternel carré sans mémoire.

Comme d'habitude, le Rat arriva ce jour-là vers trois heures de l'après-midi, accompagné d'un de ses gardes du corps, chargé d'un sac plein de canettes de bière. Il paraissait plus propre que d'habitude, comme s'il s'était un peu lavé avant de sortir de chez lui. Je me suis demandé si son gorille l'avait attendu dans la rue pendant qu'il terminait sa toilette. Probablement que oui. Le Rat se comportait avec ses amis comme un criminel accompli, alors que sa véritable carrière comptait, tout au plus, de petits larcins dans des épiceries du quartier et peut-être la consommation occasionnelle de drogues douces. Le voir ainsi fraîchement débarbouillé l'humanisa un peu à mes yeux, comme s'il était enfin descendu de cet olympe des légendes de quartier où je le situais. S'il se lavait, il avait probablement une mère qui l'obligeait à le faire. Moi, à ce moment-là, comme je n'avais pas de maman, je pouvais faire ce que je voulais, du moins jusqu'à la fin des vacances. Cette idée me fit soudain sentir un peu plus adulte – plus adulte que le Rat, ce qui était déjà beaucoup.

Mariana me cria d'aller dans ma chambre et de fermer la porte. Elle avait peu à peu pris confiance dans son rôle d'"adulte responsable" et ne se laissa plus intimider par la menace d'une dénonciation : elle me donnait des ordres avec un aplomb remarquable.

Le Rat me décoiffa au moment où je passais devant lui pour me diriger vers l'escalier. "Quel gentil lardon", dit-il, et son garde du corps – le gamin avec l'anneau au sourcil – a lâché un rire stupide, qui m'a paru un peu forcé. Le geste du Rat ne m'a pas agacé, il y avait une certaine camaraderie dans sa façon de me traiter, comme s'il devenait une espèce de médium reportant sur moi les sentiments fraternels que ma sœur, plus froide, n'osait jamais exprimer.

Je montai dans ma chambre et me mis à lire mon livre *Choisis ta propre aventure* mais, trop distrait, je l'abandonnai rapidement. Je découvris que j'avais une dent branlante. Mes dents de lait les plus centrales étaient déjà tombées, celles du haut comme celles du bas, mais il me restait encore les canines supérieures et trois molaires qui résistaient malgré ma tendance à les pousser de manière insistante avec la langue. Cette découverte d'une dent branlante était signe d'abondance, non parce que je croyais à la petite souris (ma mère avait décidé de nous élever dans un strict athéisme qui excluait le père Noël et autres chimères), mais parce que lorsque je perdais une dent on m'emmenait dans une librairie de Coyoacán où on me laissait choisir un livre. J'aimais bien Coyoacán, c'était un quartier beaucoup plus agréable que la Colonia Educación : plein de livres, de pigeons et de vendeurs de *chicharrones**.

Le dilemme maintenant, avec la chute imminente de ma dent, était de demander une nouvelle livraison de la série *Choisis ta propre aventure* ou un livre sur les samouraïs que j'avais repéré lors de mon dernier passage à la librairie. Je pensai que le livre sur les samouraïs, en raison de son contexte japonais, m'aiderait à développer mes aptitudes d'origamiste. En même temps, je devais me perfectionner comme détective si je voulais déchiffrer, avec plus de précision, dans quel endroit du Chiapas se trouvait le camping de Teresa et combien de temps elle allait y passer avant de rentrer à la maison. Son absence prolongée commençait à m'angoisser et les images du Voleur d'enfants me fourrant dans son sac sans fond revenaient toutes les nuits, avec des variantes plus ou moins sinistres, évidemment créées par mes angoisses.

J'entendis se fermer la porte métallique qui donnait sur la rue et en déduisis que le gamin avec l'anneau dans le sourcil était parti. Il n'était pas rare que le Rat vienne accompagné, comme pour feindre qu'il s'agissait d'un plan collectif, et qu'ensuite cette personne disparaisse mystérieusement, le laissant seul avec Mariana. Moi, ce genre de manigances, j'insiste, m'apparaissent la nuit, considérées rétrospectivement comme les preuves les plus évidentes des intentions du Rat.

De la chambre de ma sœur sortait, comme d'habitude, une musique horrible, ponctuée parfois par le rire de stentor, presque agressif, du Rat.

J'entrai dans ma Capsule à luminosité zéro. À l'intérieur, le bruit était un peu amorti, comme provenant d'une galaxie lointaine. Je pensai que le Voleur d'enfants volait peut-être aussi des adolescents, si ça lui chantait, et qu'un de ces jours il arriverait chez moi et kidnapperait dans son grand sac le Rat et Mariana, qui rigolaient et faisaient semblant de passer un bon moment ensemble (je trouvais inconcevable qu'ils puissent réellement passer un bon moment). Moi, en revanche, il ne me trouverait jamais : j'étais au-delà de tout, dans un espace vide, inatteignable, assez confortable et radicalement obscur, où on ne voyait rien d'autre que les explosions de couleurs qui apparaissent quand on ferme fortement les yeux. Je me concentrai un long moment sur ces figures. Si je me frottais les yeux avec les doigts, se formaient des chorégraphies intéressantes, comme les feux d'artifice du nouvel an que Teresa nous avait quelquefois fait contempler depuis la terrasse.

Les minutes passaient, peut-être des heures. Les explosions de couleurs sous les paupières fermées s'organisaient, devenaient des pagodes, des hérons, des grenouilles et des ballons d'origami parfaits. Puis, peu à peu, des histoires commençaient à se tisser avec ces figures et ces personnages. Le passage au sommeil était doux, indolore. Je rêvais de structures fractales : des origamis avec des nervures principales qui se pliaient sur elles-mêmes comme un enfant recroquevillé dans le sac du Voleur d'enfants. Je rêvais que je faisais de l'origami avec les journaux des huit derniers mois : des journaux avec des photos de passe-montagnes, d'assassinats politiques et de buts de l'équipe brésilienne au Mondial de football.

Vers la fin de cette période de rêve, lorsque le corps commençait à accuser les effets de dormir recroquevillé à l'intérieur de ma Capsule à luminosité zéro, je rêvais que je volais la lettre de Teresa où elle disait à mon père qu'elle était dans le Chiapas et je faisais avec elle une pièce d'origami tellement complexe qu'elle comprenait plusieurs espèces animales, en plus d'une multitude de personnes rassemblées dans la jungle et un château de plus de quarante pièces, derrière les portes desquelles m'attendaient des mystères insolubles et d'étroits labyrinthes.

Quand je me suis réveillé, en sueur et ankylosé, la maison était silencieuse. La musique de Mariana avait cessé, ainsi que le rire tonitruant du Rat. Je restai assis dans la capsule encore quelques minutes, incapable de remuer les jambes. J'avais passé trop de temps dans la même position. Je me demandai si c'était la nuit ou s'il faisait encore jour dehors ; si mon père était rentré du travail et s'il y avait des restes de nourriture à sauver dans la cuisine pour calmer la faim que je sentais.

J'ouvris lentement la porte du placard. Une fois sorti, je m'étirai comme on m'avait appris à le faire en cours de gymnastique avant une compétition. Je m'assis par terre, jambes tendues, et tentai de toucher mon genou droit avec le front, puis le gauche. En le faisant les yeux fermés, j'eus une nouvelle vision de ces figures colorées que j'avais vues juste avant de m'endormir, mais cette fois plus faibles, comme si la Capsule à luminosité zéro avait amplifié leur effet, leur définition, leur complexité.

La lumière blafarde du crépuscule filtrait par les rideaux de ma chambre. À cet âge, la fin du jour me donnait le vertige par sa rapidité. J'étais angoissé en observant la progression des ombres qui s'allongeaient, se traînaient sur le carrelage de ma chambre comme des reptiles affamés et disparaissaient dans l'obscurité sans bord de la nuit. Mais ce crépuscule-là était différent : il était retenu, comme si un énorme projecteur de stade ou de plateau de tournage cinématographique éclairait depuis la rue, créant une atmosphère irréelle, une lumière exagérément dramatique, un faux crépuscule. Je me suis demandé combien de temps j'avais passé dans le placard. J'ai pensé que ce n'était peut-être pas la tombée de la nuit mais le lever du jour suivant. Ce qui expliquerait le calme régnant, la sensation de renouvellement qui semblait s'étendre sur le monde.

Je ne m'étais jamais réveillé à l'aube. Une fois, en partant très tôt en vacances à Acapulco, mon père m'avait porté encore endormi et en pyjama jusqu'au siège arrière de la voiture, et j'avais perçu dans mon sommeil une lumière semblable à celle-ci, obsédante et comme fausse, qui pesait maintenant sur mes feuilles multicolores d'origami, répandues par terre en désordre.

Du couloir je remarquai la porte de la chambre de ma sœur et celle de la chambre de mon père toutes deux ouvertes, et dans chaque pièce régnaient le calme et la même lumière cireuse : l'étage de la maison était désert.

Je me frottai les yeux du dos des mains (de nouvelles figures ténues éclatèrent sous mes paupières) et je descendis l'escalier vers le salon pour découvrir quel jour on était et quelle heure. J'étais désorienté, la Capsule à luminosité zéro avait trop bien fonctionné cette fois, en m'isolant du monde, du bruit et du passage du temps. Plusieurs années s'étaient peut-être écoulées, je m'étais peut-être réveillé dans un monde du futur, et mon père et ma sœur étaient morts, ainsi que mon ami Guillermo et toutes les personnes que j'avais connues.

Je soupesai cette possibilité apocalyptique tout en descendant prudemment (le Voleur d'enfants était peut-être dans la maison), le sol était froid sous mes pieds déchaussés. Du palier de l'escalier, en me penchant lentement, je parvins à voir la pendule du salon : 7 heures. C'était probablement le soir : à 7 heures du matin, en dehors des périodes de vacances, nous avions l'habitude de partir à l'école et la lumière ne ressemblait pas du tout à celle qui inondait ma chambre. Mais il était encore impossible de savoir le jour, le mois ou l'année. Peut-être que Teresa était rentrée du Chiapas, en ramenant avec elle l'homme au passe-montagne et à la pipe, et un sac de cadeaux pour moi. Animé par cet improbable fantasme, je sautai les trois dernières marches, subitement ému.

Mais le salon était désert. Bien sûr, il n'y avait ni Teresa ni l'homme au passe-montagne. Mariana non plus n'était pas là, ni mon père. Le téléviseur était allumé, mais sans le son, et les images qui passaient me parurent très bizarres, martiennes, comme si la programmation avait été elle aussi contaminée par cet air d'étrangeté qui flottait sur les choses.

Je me dirigeais vers la cuisine lorsqu'une voix m'arracha de cette léthargie onirique où je me mouvais, me causant une telle frayeur que je faillis me faire pipi dessus : "Putain ! mais où t'étais passé ?"

Contre toute attente, c'était la voix du Rat qui s'étirait sur le grand canapé. J'étais très étonné de ne pas avoir remarqué sa présence. Le Rat avait peut-être le pouvoir de se rendre invisible. Peut-être que la consommation de tatouages temporaires en mauvais état lui avait conféré ce pouvoir, comme s'il était un superhéros atypique. Je ne lui répondis pas parce que je ne savais pas si je devais le vouvoyer ; je venais de me rendre compte que je ne lui avais jamais parlé : en sa présence je m'étais adressé à ma sœur, mais jamais au Rat directement. Mon père avait beaucoup insisté sur le fait que je devais dire *vous* aux grandes personnes que je ne connaissais pas bien, mais cela ne paraissait pas indiqué s'agissant du Rat. Je ne connaissais même pas son véritable nom. Était-il possible que "le Rat" soit son vrai nom ? Je devais le vouvoyer ou lui dire "Monsieur le Rat" ? Ça ne semblait pas convenable. De plus, il était peut-être sous l'emprise des tatouages temporaires. Et peut-être même qu'il avait assassiné mon père et ma sœur sous l'emprise de ces tatouages et qu'il les avait enfermés dans une Capsule à luminosité zéro, ou dans le garage, avec les caisses où Teresa rangeait ses livres d'étudiante ("on ne peut plus les garder au salon – avait dit un jour mon père – c'est des nids à poussière").

"Mariana m'a demandé de rester ici au cas où tu reviendrais. Elle pensait que tu avais fugué et elle est sortie pour te chercher avant que ton paternel arrive. Tu m'as pourri la fête, petit." L'explication du Rat me parut incompréhensible. Quelle fête avais-je pourrie, et comment, puisque je n'avais fait que dormir dans le placard ? Je regardai attentivement autour de moi, à la recherche d'indices d'une fête. Citlali avait-elle été ici, avec sa voix flûtée et son odeur de chewing-gum ?

Le Rat remarqua mon trouble et développa un peu : "Mariana était bien inquiète, elle a failli pleurer quand on ne t'a pas trouvé dans ta chambre. Où t'étais fourré, bordel de Dieu ?"

Je compris alors que la Rat était quelque chose comme le petit ami de ma sœur et je me sentis ridicule de ne pas l'avoir compris avant : toutes les pistes convergeaient et je les avais ignorées. Quelles autres vérités étaient en train de m'échapper ? Tout était possible. Mes dons de détective me décevaient. J'étais un mauvais détective, un mauvais origamiste et maintenant un mauvais frère. Ma mégalomanie se craquelait à pas de géant.

La révélation que le Rat faisait en quelque sorte partie de ma famille me parut scandaleuse, mais je préférai garder mon opinion jusqu'au retour de Teresa : elle ne permettrait jamais cette relation. Mon père, au contraire, n'avait pas idée de qui était le Rat et il n'avait ni le flair ni l'intuition paternelle nécessaires pour comprendre que c'était là une mauvaise nouvelle, qui augurait la perdition de ma sœur, son addiction aux tatouages temporaires et son adhésion à la bande de voyous du quartier.

"J'étais dans ma Capsule à luminosité zéro", je répondis avec défi et fierté. "Pauvre petit dingo", répliqua le Rat en souriant pour la première fois.

La lumière entrait en biais par les fenêtres mal fermées de la salle à manger. Le salon était dans la pénombre. À l'exception de ma chambre et de celle de Mariana, le soleil ne pénétrait jamais dans la maison.

Je demandai au Rat quel jour on était et sa réponse fut d'allumer une cigarette. Toute la maison sentait la cigarette. D'habitude, Mariana ouvrait les fenêtres lorsqu'ils fumaient à l'intérieur et allumait ensuite une bougie parfumée avant l'arrivée de mon père (qui le remarquait certainement mais choisissait d'ignorer le problème). Cette fois, la fumée était restée à l'intérieur et l'odeur était immonde. Le Rat fumait d'une manière avide, comme si laisser la cigarette se consumer seule portait malheur.

Teresa fumait de temps à autre, mais toujours à l'extérieur, appuyée contre le mur, près de la porte du garage ; je me souvins que je la voyais ainsi, à mon retour de l'école courbé sous le poids de mon sac à dos. Teresa fumant l'air absent, m'adressant un salut distrait, le regard tourné vers le fond de l'impasse (une rue sans issue, comme son mariage, comme le pays, comme mon obsession de tout écrire, prostré dans le lit, vingt-trois ans plus tard).

Le Rat éteignit sa cigarette dans un cendrier et alla à la cuisine jeter le mégot dans la poubelle. Je fus surpris par ce geste qui trahissait une délicatesse dont je ne le croyais pas capable. Malgré la gravité de la situation (après tout, ma sœur était peut-être en train de se dire que le Voleur d'enfants m'avait enlevé), le Rat paraissait très tranquille, probablement, pensai-je, parce que dans le fond il s'en souciait comme d'une guigne, ou peut-être à cause de sa consommation d'alcool et de drogues, qui le rendait grossier et agressif.

"Je vais dans ma chambre faire de l'origami", je lui dis. Je n'avais pas envie de sympathiser avec lui. Ma sœur se lasserait vite de me chercher et allait revenir. Je tournai le dos au Rat pour reprendre le chemin de l'escalier, lorsqu'il m'arrêta d'une main ferme et lourde sur mon épaule. "Pas question. Maintenant tu viens avec moi, on va chercher ta frangine."

9

Lorsque le Rat eut claqué la porte métallique dans notre dos, je constatai que, contrairement à ce que j'avais cru un instant, c'était le soir et pas le matin. Dommage : sortir de bon matin dans les rues de la Colonia Educación accompagné du Rat en personne aurait donné une tonalité plus dramatique à mon récit quand j'allais le raconter à Guillermo et à toutes les personnes présentes dans la salle.

Les rues, à cette heure, étaient désertes. D'ailleurs, ma rue était déserte à n'importe quelle heure. Sauf de temps à autre où l'on pouvait voir des enfants jouer au football, avec les cages au milieu de l'impasse, marquées par des tas de sacs à dos et de survêtements. Mais là, personne, la rue était déserte ; ou presque : au loin, à l'angle de l'avenue, j'aperçus le marchand de fruits qui baissait le rideau métallique de sa boutique.

Cela paraîtra peut-être exagéré, mais le fait est qu'à dix ans j'étais très tracassé par la question de la conscience. Je veux dire que j'avais fréquemment cette sensation de malaise ou d'étrangeté qui est à la base de toute la philosophie – mais aussi de toute angoisse – et qui nous pousse à nous demander pourquoi nous pensons ce que nous pensons, pourquoi nous sommes vivants, pourquoi l'être et pas le néant, etc. Selon ma théologie infantile, que j'ai résumée plus haut, un dieu directement impliqué dans mon éducation était ou devait être responsable de tout cela. Mais parfois ce dieu s'absentait, ou me paraissait un peu plus invraisemblable, si bien que la sensation de non-sens, de gratuité et d'imminence d'un désastre planait sur moi. Certes, à l'époque, je n'avais pas les mots pour l'exprimer. Je me déplaçais dans le monde avec une assurance qui disparaissait soudain en me laissant vulnérable, tout petit, à la merci de n'importe quel danger.

Ce soir-là, en marchant avec le Rat dans les rues du quartier, je connus un épisode d'angoisse métaphysique de ce type : un dédoublement de moi-même (origami inversé) et une profonde sensation de désarroi. Rien n'avait de raison d'être. J'aurais beau voler encore plus de lettres, je ne connaîtrais jamais la véritable raison du départ de Teresa. J'aurais beau fabriquer tant et plus de capsules à luminosité zéro, passer tant et plus d'heures à l'intérieur, je n'arriverais jamais à disparaître tout à fait, ni à me rendre invisible aux agents du mal. Et j'aurais beau plier papiers et feuilles d'arbustes par leur milieu, l'origami ne donnerait jamais sens à rien, parce que la symétrie n'était pas une condition du monde, mais une invention de l'entendement ; la moitié d'une feuille de papier était toujours imparfaite, et par conséquent les hérons, les grenouilles, les pagodes et les kimonos en papier plié dissimulaient un mensonge au fond d'eux-mêmes, ainsi, bien sûr, que les êtres humains faits de chair et d'os : nous aussi sommes fondamentalement constitués par un mensonge, ou du moins par une fiction (mensonge rédempteur). De même que le pli, qui constitue le fondement de l'origami, repose sur une idée fausse, de même que le pli le plus intime de notre personnalité, le pli auquel nul n'accède, le pli de l'intimité – l'envers douloureux que nous cachons, que nous gardons comme une lettre secrète dans la table de nuit de notre vie –, ce pli, disais-je, est aussi une illusion d'optique, et en réalité nous n'avons pour toute essence que nos peurs, pour toute identité que nos frustrations, pour tout sens que nos sanglots dans la profonde nuit des temps.

Bien sûr, je ne pensais pas tout cela alors, mais je projette maintenant ces réflexions sur l'inquiétude muette que, à mes dix ans, je sentais comme une espèce de bulle dans un endroit indéfini de ma cage thoracique souffreteuse. Il ne m'est pas toujours facile de faire cette distinction, de savoir si mon souvenir n'est qu'une projection de ce que, prostré sur le côté gauche d'un lit double, entouré de cahiers griffonnés et de boîtes de médicaments, je pense vingt-trois ans plus tard. Les souvenirs sont des constructions qui conservent une relation ténue avec leur origine supposée, et chaque fois que nous nous rappelons quelque chose, ce souvenir est plus autonome, plus détaché du passé, comme si la corde qui le liait à la vie réelle était de plus en plus usée, jusqu'à ce qu'elle se rompe et que la mémoire se mette à courir, libre et débridée dans la rase campagne de l'esprit, comme une chèvre émancipée s'enfuit dans la montagne.

Le Rat sortit de son blouson en jean un paquet de cigarettes et m'en offrit une, que j'acceptai par politesse. Le Rat approcha la flamme vacillante du briquet et j'aspirai aussi fortement que je pus. Je toussai et la flamme s'éteignit, et lorsqu'elle s'est éteinte j'ai pensé que Teresa était peut-être morte. Ce fut une pensée fugace, que je n'avais pas eue depuis que ma mère s'était évanouie dans l'allée extérieure d'un marché, devant le stand de *piñatas* et de déguisements. Cette pensée assombrit mon âme comme un nuage qui, en une seconde, obscurcit le sommet d'une montagne, mais je ne dis rien.

Le Rat alluma sa cigarette et aspira une longue bouffée, expulsant la fumée par les narines et la bouche simultanément, tandis que je l'observais avec attention, avide d'apprendre à fumer comme ce héros improbable.

Les rues de la Colonia Educación étaient, et restent, toutes semblables : des impasses qui se détachent d'une avenue à double sens débouchant sur une avenue plus grande. Il y avait les Canchas, avec les cages de foot rouillées et des toboggans eux aussi rouillés dans un autre petit square, derrière une école primaire.

Construite à l'origine pour accueillir des travailleurs affiliés au syndicat pétrolier, la Colonia Educación est devenue plus tard le fief du syndicat des enseignants, qui voulut aussitôt y apposer son sceau : les rues furent baptisées de lettres de l'alphabet et les avenues de chiffres. Certaines avenues principales portent le nom de leaders syndicaux, comme si l'abécédaire comprenait leurs gestes.

Dans la Colonia Educación il fallait toujours nommer le pâté de maisons dont on parlait, car deux rues différentes pouvaient avoir le même nom. Les blocs d'habitations étaient désignés par des chiffres romains. J'avais mémorisé mon adresse (Rue H, numéro 23, bloc III, entrée par l'Avenue 2) depuis l'âge de six ans, à la demande de Teresa, qui avait même composé une petite mélodie pour qu'il me soit plus facile de répéter et de retenir l'aride séquence alphanumérique qui indiquait l'adresse de notre maison. Mon ami Guillermo était très étonné que les adresses de mon quartier ressemblent à un mouvement dans le jeu de la bataille navale où il faut couler un bateau ennemi en indiquant sa position sur une grille numérotée. Il disait que, plus que mon adresse, on aurait dit que j'avais appris les coordonnées de ma maison. Je ne savais pas ce que diable étaient les coordonnées de quelque chose, mais j'avais un peu honte de lui poser la question, de sorte que je faisais semblant de rire avec lui.

La cigarette offerte par le Rat et l'expérience d'angoisse métaphysique se mêlèrent en me provoquant un vertige soudain, une espèce de fièvre et, en même temps, une lucidité qui tenait peut-être à une sensation de maladie. Ma glotte effectua le mouvement réflexe qui précède le vomissement, mais heureusement rien ne sortit. Le Rat me regarda du coin de l'œil et ricana. Il me donna un léger coup de poing amical sur l'épaule, qui ne me fit pas mal et me fit sentir plus grand, à sa hauteur. Peut-être que le Rat était déjà mon ami. Puis il me retira la cigarette de la bouche et tira une bouffée, tout en fumant la sienne. Les deux cigarettes pendaient de sa lèvre, comme par magie, tenant Dieu sait comment. Il les retira avec sa main droite et souffla un gros nuage de fumée, par le nez et par la bouche comme auparavant. Je le regardais stupéfait, sans comprendre pourquoi quelqu'un voulait fumer deux cigarettes en même temps. Comme s'il lisait dans mes pensées, le Rat murmura : "Comme ça, c'est pas gâché. De toute façon t'aurais pas pu la fumer entière." Insinuation qui m'agaça, mais je dus l'accepter – et concéder en silence que c'était la vérité.

Nous marchions sur l'Avenue 3, en passant devant la papeterie de matériel de bureau et l'échoppe de tacos Los Orgullosos, où tournait la broche de viande rougeâtre des tacos *al pastor*. Au fumet de viande grillée se mêlait une odeur moins agréable, comme d'égout. Je n'ai pas demandé au Rat où nous allions car je trouvais excitant de le suivre et que toute la scène baignait dans un climat onirique qui me tenait en haleine, comme si je m'attendais à me réveiller d'un instant à l'autre.

Nous atteignîmes le canal de Miramontes, qui était pour moi le pétiole ou la nervure principale du cosmos. Au-delà de Miramontes s'ouvrait l'autre moitié du globe : ce qui n'était pas la Colonia Educación, les confins obscurs qui, dans mon imagination, regroupaient des lieux aussi différents que Taxqueña, Cuernavaca, Chiapas et les États-Unis. Toutes ces insondables destinations devaient être mille ou dix mille fois plus grandes que la Colonia Educación, selon mes calculs hâtifs. Autrement dit : un espace suffisamment vaste pour s'y perdre de manière irréversible, un enfer plus profond que le sac de patates où le Voleur d'enfants enfouissait les enfants qu'il enlevait.

Le Rat fumait comme si l'atmosphère de la Terre était empoisonnée et que seule la fumée du tabac le maintenait en vie. (Et le fait est que l'air ambiant, à cet endroit et ce moment, était hautement empoisonné pour tous, avec des degrés de pollution approchant les 200 points Imeca : respirer, pendant cet été 1994, était un sport à haut risque.) Il fumait chaque cigarette jusqu'au bout, jusqu'à ce que l'odeur du filtre lui signale qu'il était temps d'allumer la suivante. Il avait une voix nasale et instable, oscillant entre le baryton caverneux qu'il deviendrait quelques mois plus tard et l'aigu criard de son enfance. C'est peut-être pour ça qu'il ne parlait pas beaucoup. Il m'observait du coin de l'œil avec un air suspicieux, comme s'il avait quelque chose d'important à me dire mais se retenait tout le temps de le formuler. Quand nous sommes arrivés à l'angle de Taxqueña et de Miramontes, le Rat parut hésiter une fraction de seconde. Il jeta sa cigarette, cette fois à moitié consumée, et se tourna vers moi en posant ses mains sur mes épaules, comme pour m'empêcher d'être distrait par le tohu-bohu de voitures et de vendeurs ambulants qui nous entourait. "Tu sais, bordel de merde, où est partie ta maman, petit ?"

Je pouvais enfin démontrer au Rat que je n'étais pas un enfant, que j'étais au courant de ce qui se passait, et même plus au courant que Mariana. "Oui, je répondis, sûr de moi-même pour la première fois de la soirée. Elle est allée camper dans le Chiapas."

La physionomie du Rat changea. De toute évidence il n'attendait pas cette réponse de ma part. De la même manière que sa voix trahissait parfois un âge inférieur, son expression d'étonnement lui rendit le visage qui avait dû être le sien des années plus tôt, avant qu'il sombre dans la consommation de bières, de cigarettes et de tatouages temporaires. Il tenta de recomposer son air d'adolescent maudit et perverti, et m'examina avec un sourire narquois, comme cherchant à vérifier si j'étais conscient des implications de ma réponse.

"J'ai faim", je lui dis, en essayant de changer de sujet, mais aussi parce que la faim était en effet subitement revenue. "Comme j'ai beaucoup dormi dans ma capsule, je n'ai rien mangé."

Les taxis collectifs et les trolleybus formaient un mur infranchissable sur l'avenue Taxqueña. Le Rat s'approcha d'un stand de boissons, me laissant quelques pas derrière, pour acheter une canette de Coca-Cola et des cacahuètes japonaises. La femme du stand n'avait pas de monnaie pour le billet de deux cents pesos que lui tendit le Rat, qui dut fouiller dans ses poches pour trouver quelques pièces. Il me tendit le sachet en plastique avec son butin : "Allez, bouffe, gamin."

Je commençais à me lasser de ce ton déplaisant, de ces appellations un rien agressives, mais l'aventure d'avoir franchi les limites du quartier, en compagnie de quelqu'un plus populaire que tous mes amis, m'obligeait à ravaler ma colère : quelque chose de plus grand était en jeu.

Le Rat me fit signe de le suivre et s'élança entre les bus et les taxis sans attendre le feu vert. Je crus qu'on allait mourir, mais je le suivis quand même parce que j'avais encore plus peur de rester vivant et seul en plein milieu de l'avenue Taxqueña. Nous traversâmes au milieu des klaxons polyphoniques et des piétons pressés, chargés de paquets et de valises. On était arrivés à la gare routière. En face, le marché en plein air de Taxqueña, autour des arrêts de minibus et de la bouche du métro, s'étendait comme un océan de camelotes.

Une femme passa tout près de moi en tenant par les pattes un poulet vivant qui gigotait. J'observai un moment deux enfants en haillons qui jouaient à lancer des cailloux sur une bouteille en verre.

Avant d'entrer dans la gare routière, le Rat parut hésiter. "Je crois que Mariana doit être par ici, dans la gare. Elle sait aussi où est partie ta mère." Il insista sur cette affirmation, comme pour me montrer qu'il était au courant de tout bien avant que je le lui dise.

Quelque chose ne collait pas : si ma sœur était en train de me chercher, pourquoi était-elle allée à la gare routière ? Je n'avais jamais exprimé l'envie de voyager nulle part en autobus. Je parlais parfois de prendre l'avion, et même de faire un voyage en bateau, ce que je trouvais excitant et étrange, mais les autobus m'avaient toujours semblé prévisibles et moches. Une fois nous étions allés, Teresa, Mariana et moi, à Tepoztlán dans un autobus parti précisément de Taxqueña et l'odeur de vomi que dégageaient les toilettes m'avait barbouillé au bout de dix minutes. Si Mariana me connaissait un tant soit peu, elle devait être en train de me chercher aux Canchas, ou aux toboggans, ou quelque part dans la Colonia Educación, mais pas à la gare routière de Taxqueña.

Le Rat devina, sans doute à la tête que je faisais, que quelque chose me tracassait (aujourd'hui encore, quand je suis inquiet, j'ai les sourcils très crispés). Il parla d'un ton pressé et nerveux, et je compris pour la première fois que lui non plus ne savait pas ce que nous étions en train de faire : "Écoute, le môme, Mariana était un peu bourrée. Ne le dis à personne. On a picolé dans sa chambre. Quand on t'a pas trouvé dans la maison, elle s'est mise à pleurer et pensait qu'il t'était arrivé quelque chose. Puis elle a commencé à dire des trucs incohérents sur ta daronne, qu'elle était dans le Chiapas et je sais pas quoi, qu'elle allait partir la chercher. J'y ai pas fait très attention parce que j'ai pensé qu'elle avait juste peur de se faire engueuler. Elle m'a demandé de rester pour t'attendre et elle est sortie en courant. Mais ça fait déjà deux heures." Le Rat marqua une pause comme pour me permettre de tout assimiler avant de continuer : "Dans le

Chiapas, il y a la guerre, tu le savais ? Il y a des tanks et des militaires. Il faut qu'on trouve Mariana."

C'était une information difficile à digérer. Que Teresa, une femme adulte à la voix monocorde et aux fermes convictions, parte dans le Chiapas, c'était une chose, mais que ma sœur ait décidé de la suivre en étant ivre me parut beaucoup plus grave.

Je savais, bien sûr, qu'il y avait une guerre dans le Chiapas, je l'avais vu à la télé. Ces derniers mois on ne parlait que de ça partout. À l'école on nous avait tous rassemblés dans l'auditorium pour nous expliquer qu'en ville il n'y aurait pas de problèmes, mais le frère aîné de Guillermo lui avait dit que les zapatistes allaient tuer le président et prendre leurs maisons aux riches. Le frère de Guillermo n'était pas une source fiable, mais cette idée nous avait surexcités, mon ami et moi. Teresa passait son temps à murmurer des insultes contre le président ("le chauve", elle disait) et la promesse de son renversement, qu'on entendait les premiers jours de l'année, m'avait remué pendant deux ou trois semaines. Puis, en mars, quelqu'un avait tiré sur Colosio, le candidat du PRI à la présidentielle – selon Teresa, tout aussi néfaste que "le chauve". Ça s'était passé à Tijuana qui, d'après mes leçons de géographie, se trouvait plus ou moins à l'autre bout du pays. C'est à ce moment-là que la guerre et la crispation nationale sont entrées définitivement dans notre maison de la Colonia Educación. Les discussions entre Teresa et mon père sur la situation dans le Chiapas, sur les prochaines élections et l'accord de libre-échange ont augmenté en intensité et en volume. Seul le Mondial de football avait réussi à calmer les esprits pendant trente jours, en détournant mon père de l'actualité.

Les rumeurs de la guerre et de la politique exaltaient les bancs de l'école. Pendant la récréation, les grands jouaient parfois à nous faire peur en disant qu'ils avaient vu des zapatistes ou des soldats derrière la coopérative, dans le terrain vague où la directrice avait promis de faire aménager rapidement un terrain de football.

Un beau jour, un élève de ma classe avait apporté à l'école un passe-montagne rouge, avec un pompon, et des petits combats avaient été organisés entre les deux plus courageux, l'un représentant les insurgés, coiffé du passe-montagne rouge, et l'autre les forces de l'ordre – qui étaient huées. Un soir, j'avais parlé à Teresa de ces jeux qui reproduisaient à notre échelle la tension politique du pays et elle avait tenté de m'expliquer la situation des peuples indigènes avant d'être interrompue par mon père qui m'avait entraîné avec lui pour regarder un match de la sélection mexicaine. À une autre occasion il avait déclaré, pendant le petit-déjeuner, que le Chiapas était un nid de guêpes. Je n'avais pas compris cette métaphore, mais l'idée d'un nid géant, contenant des villes entières et des guêpes énormes, m'avait fait faire un cauchemar cette nuit-là.

Toutes ces scènes (les petites bagarres à l'école, les cris à la maison, la passe-montagne rouge à pompon, les guêpes mutantes) m'envahirent la tête en écoutant le Rat parler de la guerre, des tanks et de la possibilité que Mariana, à la suite de Teresa, soit partie elle aussi dans le Chiapas.

Je me sentais trahi. Ça me faisait mal que ma sœur, sachant où était partie Teresa, ne soit pas assise près de moi, pour me parler, m'expliquer ce qui se passait dans notre famille. Elle m'avait laissé enquêter tout seul, voler la lettre, passer des jours entiers enfermé dans un placard au lieu de planifier une stratégie commune, un plan entre frère et sœur pour récupérer notre mère, ou pour nous échapper tous les deux. Je trouvais injuste que Mariana soit partie en me laissant seul avec mon père, m'abandonnant à un destin médiocre et ennuyeux pendant qu'elle se lançait dans une aventure épique.

Maintenant, le Rat voulait m'entraîner à la gare routière, ou à la guerre, pour sauver ma sœur et peut-être ma mère. Je ne voyais pas très clairement pourquoi il avait besoin de moi comme écuyer, mais je ne voulais pas lui poser la question à ce moment. C'était ça ou rentrer à la maison pour assister à des rediffusions de matchs du Mondial avec mon père, manger des pizzas hawaïennes et faire des origamis non figuratifs jusqu'à la fin des vacances.

Malgré mon enthousiasme, je regrettais de ne pas être sorti mieux équipé. Si j'avais su que nous nous embarquions dans une expédition d'un tel calibre, j'aurais emporté mon blouson avec des poches secrètes et mon livre *Choisis ta propre aventure*. Mais je compris que la vie, à certains moments clés, nous offre la possibilité de choisir notre propre aventure, et je décidai que suivre le Rat à la guerre ferait de moi l'enfant le plus envié de l'école, si je réussissais à rester vivant jusqu'à la rentrée des classes.

J'imaginais déjà l'effervescence à la récréation : les élèves de CM2 et même du secondaire m'entourant dans la cour pour me demander de leur montrer de nouveau mes cicatrices des blessures reçues au champ de bataille, de leur raconter une fois de plus comment j'avais réussi à arracher Mariana à un bourbier dans la jungle pendant que les balles sifflaient autour de nous. J'imaginais l'air abasourdi de Guillermo, dont le séjour ennuyeux à la plage – et dans l'hôtel luxueux où il dormait probablement – pâlirait face au récit enflammé de ma bravoure.

Quand le Rat et moi avons franchi l'entrée de la gare routière du Sud, le seul résultat de cette aventure que mon imagination parvenait à élucubrer était mon triomphe. Je voyais Citlali et son odeur de chewing-gum en train de rire, Ximena me prodiguant une tendresse affectée pendant que je leur racontais comment j'avais retrouvé leur meilleure amie, ma sœur, qui me laissait maintenant choisir la pizza et me posait avec grand intérêt des questions sur le fonctionnement de la Capsule à luminosité zéro. Je voyais mon père plein de gratitude, me comparant à Bebeto et Romário. Je voyais, surtout, Teresa, en train de fumer contre le portail de la maison, silencieuse et fière de son fils.

10

Le Rat s'adressa à plusieurs guichets pour demander si on n'avait pas vu Mariana. Il s'exprimait timidement, comme vaincu d'avance. Faute de pouvoir montrer une photo de ma sœur, il tentait à chaque fois de la décrire, mais ses outils linguistiques étaient bien pauvres : il se limitait à dire que c'était une fille aux cheveux noirs, avec une chemise à carreaux nouée à la taille. Un caissier d'une ligne de bus qui allaient à Ixtapa lui dit qu'une fille comme elle avait acheté un billet pour le bus de 8 heures, mais Mariana n'était pas dans la salle d'attente. De plus, il était peu probable qu'elle aille à Ixtapa. Aucun autobus à destination du Chiapas n'était parti ces deux dernières heures ou n'était sur le point de partir, mais le plus logique aurait été d'en prendre un pour Puebla, Veracruz ou Oaxaca, et de là un autre pour San Cristóbal. C'étaient du moins les conjectures murmurées par le Rat pendant que nous marchions d'un bout à l'autre de la gare – moi toujours à quelques pas derrière lui, en m'efforçant de paraître calme. Tous ces noms d'États et de villes me disaient vaguement quelque chose, pour les avoir lus dans mes livres de classe, mais je n'étais pas capable de me les représenter. Ce n'était que des noms vides, interchangeables. Des mots magiques évoquant des territoires inexplorés où ma mère et ma sœur luttaient pour un monde plus juste.

Le Rat a fini par se lasser de se renseigner et nous nous sommes installés dans la salle d'attente numéro 2, à côté d'un stand de sacs à dos, qui proposait aussi des poupées en peluche et des sandwichs à la viande et au fromage. La chaise sur laquelle s'assit le Rat était déglinguée, sur la mienne était dessiné un pénis schématique au feutre indélébile. Ça sentait bizarre dans toute la station, comme une odeur de nourriture brûlée ou d'essence.

Le Rat semblait indécis, comme si son plan un rien ambitieux de sauver Mariana de Dieu sait quel danger s'était dégonflé au premier obstacle (un obstacle en plus prévisible, car il était improbable que nous allions trouver ma sœur en train de nous attendre tout simplement à la gare de Taxqueña). Peut-être espérait-il que quelqu'un lui aurait dit, à la première question posée, dans quel bus elle était montée, de sorte que nous puissions monter dans le suivant pour la même destination, ou l'intercepter dans un taxi avant qu'il sorte de la ville. Soudain, l'idée de prendre un autobus pour n'importe où, sans connaître la destination de ma sœur, dut lui paraître décourageante. Son regard se posait brièvement sur un objet, puis sur un autre, comme une mouche. Je lui demandai alors si nous ne partions pas dans le Chiapas, s'il ne voulait plus continuer à chercher Mariana, s'il ne voulait plus m'aider. Je lui posai précipitamment plein de questions, mais le Rat répondit d'un air évasif qui semblait signifier – et probablement signifiait – "Arrête de faire chier".

Son manque de résolution me déçut. Le Rat non seulement se lavait avant de sortir de chez lui, obéissant docilement à sa mère, mais se dégonflait devant le moindre risque. Sa réputation d'adolescent rebelle me parut injustifiée. J'ai pensé le dénoncer aux fidèles qui le suivaient habituellement aux Canchas, leur expliquer que leur idole n'était rien d'autre qu'un petit garçon apeuré et à la voix fluctuante, donnant l'impression d'un degré de maturité et même de méchanceté qu'il n'atteindrait jamais.

Tout à coup, une évidence effrayante s'imposa : selon toutes les données disponibles, ma mère et ma sœur s'étaient lancées dans la guerre sans hésiter, guidées par des convictions ou des passions qui les emportaient dans le torrent sauvage de l'Histoire. En revanche, mon père et le Rat, modèles de masculinité, différents mais complémentaires – le pourvoyeur omniscient, le rebelle irréductible –, restaient sur la rive des événements, à regarder des matchs de football ou à se faire des tatouages temporaires comme des énergumènes obsédés par leur petite personne. Ce que présageait cette tendance pour ma propre vie m'effrayait: le monde était un lieu surpeuplé d'hommes lâches qui tachaient de bière leur chemise propre et de femmes qui les supportaient un certain temps. À cet instant, j'ai pensé que si je voulais faire quelque chose d'important dans ma vie sur Terre, je devais, au moins symboliquement, me changer en cette femme que le destin ou la génétique m'avait empêché d'être au moment de ma conception. Faute de quoi, j'étais condamné à reproduire les erreurs de mon père et du Rat, à pleurer pour un match perdu pendant les prolongations, ou à arpenter les rues du quartier, les cheveux bien lavés, toujours accompagné de chambellans, sans jamais oser faire quelque chose par moi-même.

Tête basse, assis dans la salle d'attente numéro 2 de la gare routière de Taxqueña, le Rat regardait les lacets de ses tennis, ses ongles en deuil, les larges jambes de son pantalon, effrangé et sale. Sa bouche paraissait plus grande, comme si la gravité attirait ses lèvres vers le bas, en lui donnant un air de concentration infantile.

Je ne sais d'où j'ai tiré la confiance et la résolution pour le faire, mais je me vis soudain debout, devant le Rat, lui disant que nous devions prendre un bus pour le Chiapas, que nous devions suivre Mariana et ma mère, jusqu'à la guerre s'il le fallait. Les paroles venaient toutes seules et ma voix trahissait un excès d'émotion. Le Rat me regarda, perplexe, et murmura quelque chose que je ne compris pas. Puis il dit que lui aussi voulait revoir ma sœur mais que c'était une mauvaise idée, qu'elle n'était probablement pas partie dans le Chiapas, qu'elle reviendrait toute seule à la maison quand elle aurait dessoûlé et se rendrait compte qu'elle avait fait une bêtise. Je l'ai regardé, en colère. Le mépris qu'il m'inspirait prit la forme d'un fouillis d'émotions qui menaçait de virer en sanglots. Je pensais que, si je continuais à le regarder dans les yeux, j'allais finir par le frapper, même s'il devait ensuite me dominer.

En constatant que j'étais prêt à tout, le Rat revint à la charge avec de nouveaux arguments et un ton plus dur. Il me dit que nous n'avions pas la moindre foutue idée de l'endroit où se trouvait Mariana, qu'elle avait pu prendre un bus pour le Chiapas, ou un taxi collectif pour Ciudad Satélite, et qu'il n'y avait pas moyen de le savoir. Je n'étais jamais allé à Ciudad Satélite, mais j'avais l'impression que c'était dans une autre région de la galaxie et je doutais qu'on puisse y aller en taxi collectif. Je me rassis sur le banc déglingué de la salle d'attente à côté du Rat. Les options s'épuisaient. L'horloge au fond de la salle marquait 8 h 40 du soir. Je pensai que mon père avait dû rentrer à la maison, ou n'en était pas loin. Un indigent s'arrêta devant nous et nous demanda de l'argent, le Rat l'ignora et moi je fis un geste signifiant que nous n'avions rien à lui donner. Quand le vagabond s'éloigna, je fondis en larmes.

Un autre souvenir très antérieur me revient de temps en temps. Cela avait dû se passer peu après l'évanouissement de Teresa devant le stand de déguisements du marché. Nous marchions sur une place pavée, Teresa, Mariana et moi. Rétrospectivement, j'en suis venu à penser que ce pouvait être la place de Coyoacán, mais c'est impossible à savoir. Ma mère nous avait acheté une glace à chacun, mais la moitié de la mienne était tombée par terre et Mariana se moquait de moi en léchant la sienne et en exagérant le plaisir qu'elle y prenait. Près du kiosque de la place, une vingtaine de pigeons gris mangeaient de la mie de pain en gonflant les plumes de leur poitrail. Pour m'éloigner des provocations de Mariana, je lâchai la main de Teresa et courus vers les pigeons.

C'était un jeu aussi vieux que la ville, pratiqué par tous les enfants qui traversent une place publique où qu'elle soit : tenter de donner des coups de pied aux pigeons pour les voir s'envoler. Une partie du charme de ce jeu tient, je suppose, au sentiment d'être dangereux alors qu'on est un être humain miniature : le pouvoir exercé sur les plus faibles – qui, à cet âge, ne sont que les oiseaux. J'aimais sentir les battements d'ailes autour de moi, l'envol frénétique de la fuite, qui me laissait excité et triomphal, au milieu d'un nuage de plumes et de puces.

Cette fois-là, cependant, ce fut différent. Un pigeon en particulier, plus gros et plus maladroit que les autres, fut ma cible désignée. Avant de m'élancer, je l'observai un instant. Il paraissait tout aussi idiot que ses congénères, mais il se déplaçait plus lentement, comme si son instinct était atrophié ou endormi. Je courus vers lui de toutes mes petites jambes. Les autres pigeons s'envolèrent à mon passage ; j'entendis leurs battements d'ailes et perçus leurs ombres en mouvement sur le sol. Mais le gros pigeon restait immobile, indifférent à son destin.

J'étais tout près de lui lorsqu'il fit une tentative d'envol, trop tardive. Il y avait chez ce pigeon une aspiration au ciel, comme tant d'autres bipèdes, mais une incapacité factuelle à y parvenir.

Il reçut mon coup de pied sur le côté, juste sous l'aile. Si je n'avais pas été un enfant de cinq ans plutôt chétif, je l'aurais probablement tué, mais le pigeon roula seulement sur le sol en tournant deux ou trois fois sur son axe déséquilibré comme un pantin de chiffon. Puis il se remit sur ses pattes.

J'avais réussi. J'avais latté le plus gros pigeon de la place, réalisant ainsi l'envie secrète de tous les enfants de mon âge qui coursaient ces stupides volatiles. Ce désir de cruauté venait d'être promptement satisfait. J'avais enfin atteint un pigeon et, paradoxalement, quelque chose s'était brisé en moi. En le frappant, je m'étais atteint du même coup.

Lorsque je me suis retourné vers ma mère et ma sœur, qui me regardaient immobiles et ébahies à une vingtaine de mètres derrière, je compris la portée de mon acte, la gravité de ma transgression, et je fondis en larmes.

Ce dont je me souviens le plus nettement de cet épisode est l'attitude distante de ma mère, qui refusa de me consoler quand je la rejoignis, le visage barbouillé de larmes et de morve. "On s'en va", dit-elle, et nous avons tous les trois regagné la voiture sans un mot.

En pleurant assis à côté du Rat, dans la salle d'attente numéro 2 de la gare routière du Sud, je me suis rappelé la sensation de ce coup de pied sur le flanc doux du pigeon, devant le kiosque de la place pavée. Et, bien que ce souvenir rende mes sanglots plus douloureux, ils étaient aussi devenus des sanglots plus adultes, des sanglots qui, pour la première fois, ne répondaient pas à une circonstance spécifique, mais à la vague conscience d'avoir perdu quelque chose d'irrécupérable.

Le Rat se leva. Il semblait désespéré par mes pleurs, comme s'il ne savait pas faire face à l'expression publique des émotions. Il y avait de la peur dans son regard : peur du jugement des autres, des étrangers, mais aussi peur que mes sanglots ne défassent en lui quelque chose qu'il s'était efforcé de nouer tout au long de sa vie, peur de se mettre à pleurer avec moi, pour moi, près de moi, comme deux enfants perdus dans une gare routière.

Le Rat sortit précipitamment de sa poche une poignée de billets froissés qu'il me tendit sans façon. "Vas-y toi", dit-il entre ses dents. Et il s'éloigna en hâte vers la bruyante avenue Taxqueña, sans se retourner.

II

1

Le lit sur lequel j'écris a un aspect lamentable. Les draps exhibent taches de sueur séchée sur taches de sueur séchée – le dessin géologique de ma sédentarité. C'est un lit double. En général je l'utilise toujours du même côté, si bien que la moitié gauche du matelas est un peu plus enfoncée, déformée par l'usage. Ici non plus, pas de symétrie possible.

Le lit occupe la seule chambre de mon appartement – la seule à avoir une porte, à part la salle de bains. Le reste est en enfilade : cuisine, petit salon et une table pour deux, le tout dans une même pièce.

Je m'aventure rarement au-delà de la chambre, si ce n'est pour aller aux toilettes, réchauffer un plat au micro-ondes ou, exceptionnellement, pour acheter quelque chose à la petite épicerie au pied de mon immeuble.

Le vendredi vient Josefina, une femme de soixante et quelques années, qui fait distraitement la poussière et cuisine quelques plats : poulet en sauce, boulettes au piment, riz à la mexicaine, poivrons à la crème. La plupart de ses recettes me provoquent une colite, mais j'en assume les symptômes comme une punition méritée. Je ne me suis jamais plaint.

En réalité, Josefina travaille pour ma sœur qui, décidant que je devais mieux m'alimenter, lui a demandé de venir chez moi une fois par semaine. De fait, c'est Mariana qui la paie. Au début, j'ai résisté, pour finalement convenir que c'était une bonne idée.

J'ai acheté cet appartement avec la part qui m'est revenue de la vente de la maison de la Colonia Educación, il y a deux ans. Mariana a investi la sienne dans un crédit pour un appartement beaucoup plus grand, près de son travail, mais n'ayant ni la patience ni la constance d'assumer un crédit, j'ai acheté le premier logement qui était à ma portée, sans trop faire attention à l'état de l'immeuble, qui a besoin d'urgence de travaux d'entretien, ou du quartier, plutôt dangereux.

S'il était encore vivant, mon père aurait réprouvé l'achat de cet appartement. Il m'aurait parlé pendant des heures de la bulle immobilière, des avantages à prendre un crédit, de l'intérêt d'acheter un logement où pourraient, éventuellement, grandir les enfants que je n'ai pas. S'il était encore vivant, mon père aurait réprouvé tout ce que je fais. Depuis sa mort, je ne peux cesser de penser à tout cela, comme si j'avais saisi moi-même le témoin qu'il me tendit en expirant, dans une sordide chambre d'hôpital, et que j'avais maintenant la responsabilité de me faire, en son nom, des admonestations.

Quelque chose de semblable m'était arrivé après la mort de Teresa, que j'ai apprise le 23 septembre 1994, le dernier jour de l'été. C'est un lieu commun de dire que le déni est la première phase du deuil, pourtant, à dix ans, ça n'a pas seulement été la première, mais la seule et unique pendant très longtemps. Au moyen des plus complexes artifices du langage, je parvenais à me convaincre non seulement que Teresa était vivante, mais qu'elle était plus attentive à ma conduite qu'elle ne l'avait jamais été. Pendant les deux ou trois premières années, j'imaginais sa réaction à tout ce que je faisais. Je pouvais quasiment entendre sa voix d'automate m'expliquant pourquoi je n'avais pas besoin de tel ou tel jouet, pourquoi je devais étudier mes leçons d'Histoire sans mémoriser les dates, pourquoi ma sœur allait avoir une vie plus difficile que celle que j'aurais jamais parce qu'elle était une femme.

À ces années de secrète évocation succédèrent celles d'une imitation explicite. Entre 1998 et 2001 – les années les plus intenses et furieuses de mon adolescence –, j'adoptai l'habitude, un peu forcée, de parler comme elle, de ce ton singulier, neutre, avec des variations minimales. À l'âge de quinze ou seize ans, je gardai les cheveux longs et commençai à me les peigner comme elle. Mais jamais je n'ai réussi à ressembler à Teresa : les traits de mon père, sa voix, ses manières brusques et grossières affleuraient malgré moi.

Puis cette étape d'imitation passa et ma vie prit des chemins relativement conventionnels, ennuyeux. Je fis des études et trouvai un travail. J'eus de brèves relations et des rancunes durables. Je nouai des amitiés superficielles, échangeai quelques regards profonds qui devinrent vite flous. Je vécus en colocation et dans d'autres appartements aussi petits que celui-ci, où j'habitais seul. J'adoptai un chien qui s'échappa un beau jour et ne revint jamais. Je contractai des maladies curables et des vices chroniques.

Au long de toutes ces années, j'ai continué à voir de temps en temps mon père et, plus exceptionnellement, ma sœur. Et, bien que je n'aie cessé de penser à Teresa pendant tout ce temps, il y eut aussi des jours et même des semaines où je réussissais à l'oublier complètement, sans évoquer sa voix ni l'imaginer en train de fumer contre le mur de la maison de la Colonia Educación. Des jours et des semaines où je n'ai pas pensé une seule fois au vendredi 23 septembre 1994.

Après cet été-là, j'ai continué un certain temps à croiser le Rat dans les rues de la Colonia Educación, mais jamais, après cette soirée à la gare de Taxqueña, je ne lui ai de nouveau adressé la parole. Mariana l'oublia presque aussitôt, délibérément, et commença à sortir avec d'autres garçons et – plus tard – des femmes. La légende du Rat s'éteignit peu à peu après l'été 94 qui avait été, semblait-il, la modeste apogée de sa popularité. On parlait moins de ses méfaits, on le voyait moins aux Canchas et même sa petite escorte de fidèles diminua ou trouva un nouveau leader. Quand nous nous croisions par hasard à la papeterie ou à la *taquería** Los Orgullosos, je cherchais dans son regard une trace de complicité, ou du moins la confirmation que cette soirée avait existé, qu'il m'avait accompagné du salon de ma maison jusqu'à la gare routière de Taxqueña, qu'il m'avait aidé à franchir les confins du quartier – les confins du monde connu. Mais le Rat m'évitait ou faisait semblant de ne pas me connaître. Il me voyait sans me regarder, comme si j'étais transparent et qu'il pouvait voir à travers moi.

J'ai longtemps pensé que le Rat avait peut-être oublié ce qui s'était passé. Après tout, cela n'avait pas eu pour lui la même importance que pour moi. Il m'avait poussé à entreprendre une des aventures déterminantes de mon enfance, pendant les vacances qui avaient défini ma personnalité, mais pour le Rat ça n'avait probablement été qu'une soirée parmi beaucoup d'autres de son adolescence, confondue dans sa mémoire par les brumes de l'alcool. Marcher avec un enfant du quartier jusqu'à la gare routière et lui donner un peu d'argent ne pouvait signifier grand-chose dans une biographie ponctuée d'actions beaucoup plus audacieuses.

Le Rat disparut du quartier quelques années plus tard, quand j'étais déjà dans le secondaire. Sa mère fit courir la rumeur qu'il était parti faire des études à l'étranger (secret désir de toute mère dans notre quartier de classe moyenne, pendant ces années d'aspirations sociales), mais on apprit rapidement qu'il avait engrossé une de ses petites amies et qu'il vendait des vêtements – certains disaient "et de la marijuana" – sur les marchés du sud de la ville. Le rôle que le Rat jouait dans la Colonia Educación fut promptement rempli par des personnages plus douteux, qui ne se vantaient pas de se faire des tatouages temporaires et de boire de la bière, mais de fumer du crack et de braquer des pharmacies.

Je revis le Rat mi-2015, peu après qu'on eut diagnostiqué à mon père un cancer au stade avancé qui allait le mener dans la tombe – avant que ma vie soit restreinte à ce lit sale en désordre et à ces cahiers où j'essaie de donner forme à l'indicible, comme si je faisais des origamis avec les ombres. Mariana et moi allions à tour de rôle passer la nuit à l'hôpital. C'étaient des journées épuisantes, car mon père profita de ses dernières semaines pour nous reprocher sans répit notre mode de vie (mes déboires amoureux, l'éloignement de ma sœur). De Teresa, en revanche, personne ne disait rien, ni pendant ces jours d'attente ni après, à l'enterrement de mon père ou lorsque l'avocat nous a réunis pour lire le testament et mettre en vente la maison de la Colonia Educación.

Bien qu'aucun organe n'ait rassasié l'appétit de la tumeur, certains soirs mon père paraissait miraculeusement en forme et faisait de nouveau les cinquante-neuf ans qu'il avait. Il demandait qu'on lui allume la télé et donnait sentencieusement un avis sur tout. Son penchant autoritaire s'était accentué avec les années : il déblatérait contre le syndicat des instituteurs, exigeait de la fermeté contre les manifestants de l'avenue Reforma et déplorait la décadence de la sélection mexicaine de foot sur un même ton exalté. Moins il comprenait un événement, plus il pensait son opinion légitime. Naturellement, ni ma sœur ni moi ne supportions de rester longtemps enfermés avec lui dans sa petite chambre d'hôpital. Si j'étais de garde pendant les récriminations de mon père, je sortais marcher dans les rues voisines et je revenais vingt minutes plus tard, ma patience partiellement restaurée.

C'est au cours d'une de ces promenades que je suis tombé sur le Rat. Je me suis dit que la maladie de mon père et le retour sur le passé qu'elle avait déclenchée en moi avaient invoqué le Rat ou l'avaient attiré d'une certaine façon. Ces choses-là n'ont rien d'étrange : nous cessons longtemps de voir une personne, puis un beau jour nous pensons à elle et nous la rencontrons quelques heures après dans un endroit improbable. J'ai fait l'expérience de multiples coïncidences de ce type. Le Rat était pourtant la dernière personne que je m'attendais à voir ce soir-là.

Je ne l'ai pas reconnu tout de suite. Beaucoup de temps avait passé depuis sa disparition du quartier et, évidemment, il n'était plus le petit saligaud qui avait dragué ma sœur après le départ de Teresa, mais un adulte en surpoids. Je me souviens qu'il avait une calvitie qu'il s'efforçait de masquer en nouant ses cheveux longs en queue-de-cheval. Ma première pensée fut que c'était quelqu'un qui ressemblait beaucoup au Rat, mais en version décadente. Je suppose qu'il a dû penser la même chose de moi – une barbe de plusieurs jours, mes yeux cernés et mes cheveux blancs prématurés ne suggéraient pas une impression différente. Il discutait avec une adolescente qui avait l'air d'être sa fille. Je sais qu'il m'a reconnu aussitôt car, dès que nos regards se sont croisés, il a interrompu le soliloque coléreux qu'il infligeait à la jeune fille, comme s'il avait honte que je l'entende. Nous sommes restés sans voix, mais en nous regardant dans les yeux pendant une seconde élastique, et j'ai la certitude que nous avons aussitôt pensé à cette séparation silencieuse à la gare routière, lorsqu'il m'avait laissé ébahi, en pleurs, avec les billets froissés dans la main, et s'était rapidement éclipsé pour regagner son foyer de la Colonia Educación, pour obéir à sa mère et se laver soigneusement avant de ressortir patrouiller aux Canchas.

J'ai souvent tenté de comprendre pourquoi le Rat m'avait incité à prendre un autobus pour n'importe où ;

pourquoi il n'avait pas eu la maturité nécessaire pour me raccompagner chez moi, où nous aurions probablement retrouvé Mariana, avec la gueule de bois, regrettant son emportement, assise devant la télé et se demandant avec une inquiétude croissante où diable j'étais parti.

2

Les lumières blanches qui éclairaient le couloir de l'autobus s'éteignirent dès la sortie de la gare de Taxqueña, au milieu d'un concert de klaxons et les cris des vendeurs ambulants. Quasi simultanément, il se mit à pleuvoir. Appuyé contre la fenêtre, le front collé à la vitre froide, je regardais le bouillonnement de la ville. Les premières gouttes commencèrent à brouiller le paysage nocturne, elles glissaient sur la vitre selon des trajectoires imprévisibles. Qu'est-ce qui déterminait qu'une goutte de pluie glisse verticalement vers le bas de la vitre, ou zigzague en s'agglutinant à des gouttes plus grosses ? Qui dictait le chemin de ces gouttes dans leur descente rapide, en les guidant vers les rivières qui se formaient dans les rues ? J'essayai de suivre du bout du doigt une de ces gouttes, mais très vite j'en perdis le trajet. Ma buée sur la vitre troublait la visibilité et floutait le paysage. Les feux rouges brillaient de façon plus dramatique, déformés par l'effet de l'eau sur la vitre. Teresa avait-elle pris un autobus comme celui-ci pour aller dans le Chiapas ?

Un homme en uniforme d'une autre compagnie d'autobus apparut au bout du couloir, près du chauffeur, les cheveux dégoulinant de pluie, et d'une voix très rauque se mit à réciter un discours appris par cœur, mille fois répété. "Bonsoir, mesdames et messieurs les passagers. Excusez-nous de venir vous déranger dans votre voyage. Nous sommes des travailleurs du syndicat autonome des transports routiers et nous sollicitons votre aide précieuse. Nous sommes en grève depuis quatre mois pour demander de meilleures conditions de travail pour les camarades. C'est pour ça que nous vous proposons une variété de produits à acheter, comme des biscuits ou des chips au piment, pour couvrir nos dépenses..." La dame assise à côté de moi me sourit et me demanda si je voulais des chips au piment pour le voyage. Je réagis avec surprise car je ne m'attendais pas à son intervention, et encore moins à son offre. Je fis non de la tête et me retournai vers la vitre embuée.

Le vendeur d'en-cas parcourut le couloir d'un bout à l'autre en répétant la liste des produits qu'il proposait, puis il descendit de l'autobus en saluant aimablement le chauffeur. En se fermant, le mécanisme à pistons de la porte produisit un bruit que me fit sursauter. Ma voisine profita de ma réaction pour m'adresser de nouveau la parole : "Tes parents t'attendent à Villahermosa ?" Je la regardai sans répondre. Son âge était impossible à deviner. Elle avait un sourire qui me parut excessif, un peu faux, et des rides prononcées autour des yeux. Personne ne m'attendait à Villahermosa. J'avais acheté le billet au dernier moment par crainte que le Rat revienne, regrettant son geste et me demandant de lui rendre l'argent. L'employé du guichet m'avait expliqué qu'à Villahermosa ce serait plus facile de prendre un autobus pour San Cristóbal de las Casas ou n'importe quelle autre ville du Chiapas. C'était le seul autobus pour Villahermosa qui partait de Taxqueña, m'avait-il dit. Et la seule possibilité de me rapprocher du Chiapas à cette heure du soir, si je ne voulais pas aller à la gare routière d'Oriente.

Ma voisine de siège répéta sa question, en prenant cette fois un ton extrêmement familier : "Ton papa et ta maman viennent te chercher à Villahermosa, mon chéri ?" Sa voix montait en gamme pour finir sur des aigus quasiment d'opéra. Une fois de plus je ne répondis pas. C'était peut-être un piège. Teresa m'avait souvent mis en garde contre les risques d'amorcer une amitié avec un inconnu. Pour s'assurer que je retenais son avertissement, elle avait même évoqué le Voleur d'enfants, dont l'une des techniques était précisément celle-là : parler gentiment aux enfants jusqu'à les hypnotiser et les fourrer dans son sac sans fond. Comme si ce n'était pas suffisant, une campagne à la télévision sur des dangers semblables bombardait nos esprits impressionnables en interrompant régulièrement les dessins animés. Parfois Mariana aimait bien m'embêter en imitant le geste menaçant de l'homme moustachu qui, dans ces messages télévisés, attrapait un enfant par l'épaule avec des intentions perverses. Quand elle faisait ça, je repoussais sa main et je la regardais avec une haine surjouée et je partais m'enfermer dans ma chambre. Le Voleur d'enfants pouvait-il être une femme d'âge incertain qui voyageait de nuit à Villahermosa, État de Tabasco ?

Elle me regardait avec insistance, un peu surprise, ou irritée, que je ne réponde pas à ses questions. "Tu es un petit muet, ou quoi ?" dit-elle en me provoquant. Je pris ce "petit" pour une insulte et décidai de rompre le silence. "Ma maman m'attend dans le Chiapas", répondis-je avec fierté. "Ah, alors tu vas te coltiner encore plus d'heures de voyage que moi. Pauvret. Tu aurais dû accepter les chips. Pour Villahermosa, ça va prendre au moins douze heures." Je m'efforçai de masquer mon dépit en entendant cela. Pour adoucir le coup, la femme ajouta : "Mais ne t'inquiète pas, le bus fait deux arrêts pour qu'on puisse acheter de quoi manger." J'eus envie de lui demander si Villahermosa était plus loin qu'Acapulco, ma seule référence d'un long trajet par la route, mais je pensai qu'il était plus sage de jouer la carte de celui qui est au courant et lui dis que j'étais habitué à voyager en autobus et que je n'avais jamais faim.

Après une trêve de quelques minutes la femme, indifférente à mon hostilité, se mit à me raconter sa vie. Je me forçai alors à regarder devant moi, en me montrant froid, mais elle sembla n'y attacher aucune importance.

Elle était originaire de Villahermosa. Elle avait deux enfants qui vivaient à Mexico et elle allait souvent les voir. Elle leur apportait des *tuppers* de cuisine familiale. Son aîné avait fait des études d'ingénierie et vendait des pièces détachées de voiture, tandis que le cadet étudiait encore, quelque chose lié au design. Ils partageaient un appartement dans la Colonia Obrera, mais l'aîné allait bientôt se marier et déménager avec sa femme dans une petite maison d'Atizapán.

Bercé par les toponymes et le ton de sa voix – aigu sans être désagréable –, je m'endormais peu à peu. Je faisais des efforts pour garder les yeux ouverts, mais bientôt ce fut impossible et je dodelinais de la tête en finissant par la laisser ployer sur le bras de ma voisine. Elle plia son pull et le posa entre son bras et ma tête, en guise d'oreiller. Je tentai de lutter contre cette nouvelle manifestation de son affection injustifiée, mais le sommeil l'emportait et je finis par céder complètement, même quand je sentis que la femme me caressait les cheveux du dos de la main.

3

Aujourd'hui je me rappelle rarement mes rêves. Bien que je passe beaucoup d'heures au lit, le sommeil et la veille sont deux mondes qui se tournent le dos. Rien de ce qui survient quand je dors ne filtre dans mon existence diurne, si ce n'est une angoisse qui semble émaner de cet endroit obscur d'où je m'échappe de temps à autre. Cela est peut-être dû à ce qu'il s'agit d'un sommeil en général induit par un narcotique, un sommeil aveugle. Mais même avant qu'il en soit ainsi, prostré dans mon lit et sujet à une somnolence sans bords ni contours, je me souvenais rarement de mes rêves. Aussi suis-je étonné de me rappeler, avec un tel luxe de détails, beaucoup de rêves importants de mon enfance, spécialement pendant l'été 1994. C'est comme si j'avais épuisé mon matériel symbolique à dix ans et que je devais depuis lors me contenter de la grossière littéralité du monde.

Cette nuit-là, dans l'autobus en route pour Villahermosa, dormant sur le bras d'une inconnue qui me caressait la tête, j'avais rêvé que je nageais en direction d'une île. Quelques mois auparavant, j'avais vu à la télé – dans un de ces dessins animés polonais ou tchèques que Teresa me permettait de regarder mais que personne d'autre à l'école ne regardait – une adaptation de Robinson Crusoé, qui inspira sans doute ce rêve et détermina son point de départ. Mais mon naufrage n'était pas comme celui de Crusoé.

L'île de mon rêve était entourée d'un mur hérissé de tessons de bouteille. Une coutume architecturale très répandue dans la Colonia Educación, je suppose qu'elle l'est encore : les propriétaires couronnaient le mur des jardins avec du verre cassé pour décourager les éventuels cambrioleurs – ou le Voleur d'enfants. Dans mon rêve, ces tessons de verre étaient de toutes les couleurs, comme si au lieu de bouteilles brisées ils provenaient de vitraux d'églises en ruine. Je nageais autour de cette île, qui n'était pas très grande, et ne trouvais pas un seul point me permettant d'atteindre la terre ferme : un mur infranchissable protégeait le paradis promis. Ce dont je me souviens le mieux est que dans ce rêve deux perspectives différentes de l'île s'offraient à moi : de l'une, je la voyais depuis ma position de naufragé aspirant à toucher terre, de l'autre, je la survolais, simultanément, à cinq ou six mètres au-dessus de l'endroit où j'étais en train de nager. Cette vision périscopique de l'île muraillée me la montrait dans toute sa splendeur : surtout ses arbres à fruits rouges et un bassin d'eaux thermales.

Le rêve de l'île fortifiée céda la place, sans transition ni dénouement, à un autre rêve, celui-ci éminemment visuel. J'ai reconstruit et raconté d'innombrables fois ce rêve, peut-être en y ajoutant inconsciemment des détails et des interprétations, comme dans les récits de rêve.

Mon père est en train de manger à la grande table de la maison de la Colonia Educación. Debout derrière lui, je ne vois pas ce qu'il mange, bien qu'à ses gestes je devine qu'il mange avec les doigts, pas avec des couverts. La lumière de la pièce clignote deux ou trois fois, comme toutes les ampoules de la maison quand il y a de l'orage, juste avant une coupure de courant. Je m'approche lentement de mon père en prenant soin qu'il ne m'entende pas. Je ne suis plus qu'à cinquante centimètres de lui lorsqu'il se retourne brusquement et je découvre qu'il est en train de manger un pigeon. Peut-être le gros pigeon que j'ai frappé à coups de pied quand j'étais petit, mais en réalité ce pourrait être n'importe quel autre pigeon, ou même un poulet : aucun détail de ce rêve ne permet de préciser ce point. Mais le volatile a encore ses plumes, comme s'il était vivant ou, en tout cas, cru et récemment tué. Malgré l'horreur qu'elle implique, la scène est relativement banale : il n'y a pas de sang et le visage de mon père paraît normal, comme si manger un pigeon cru était la chose la plus naturelle du monde.

La sensation que l'autobus s'arrêtait me réveilla, le bruit des pistons, à l'ouverture de la porte, l'air frais de la nuit. Avec un mélange de honte et de surprise, je redressai la tête, abandonnai le giron de ma voisine de siège et je m'écartai d'elle le plus possible en me pressant contre le froid de la fenêtre.

J'avais une sensation étrange à l'estomac, une espèce de vertige que j'avais eu plusieurs fois, mais que cette nuit-là, dans l'autobus, je ne savais pas encore identifier. La femme qui voyageait à côté de moi s'était à son tour endormie. Je regardai avec horreur sa bouche entrouverte, la salive brillant à la commissure des lèvres, ses yeux fermés comme en un rictus de douleur. Quand les lumières du couloir se rallumèrent, elle ouvrit lentement les yeux comme émergeant d'un coma profond. Elle me regarda sans comprendre où elle était et je pus voir dans ses pupilles le passage du sommeil à la conscience – comme si la conscience était aussi une lampe qui s'allume.

En plus du malaise diffus à l'estomac, j'avais une saveur métallique dans la bouche, semblable au goût de la pièce ancienne de mille pesos, à l'effigie de sœur Juana Inés de la Cruz. J'eus envie de demander un peu d'eau à ma voisine, qui semblait bien équipée pour voyager, mais j'étais gêné par l'idée d'avoir dormi contre elle, changé en un être vulnérable – pigeon blessé, origami raté – blotti dans son giron, et je souhaitai en silence qu'il s'agisse d'un arrêt technique pour acheter des vivres (il me restait encore quelques pièces de l'argent que m'avait donné le Rat).

Je regardai par la fenêtre en espérant apercevoir une station-service, ou même une gare routière. Je pensai que nous étions peut-être à Villahermosa, que nous étions arrivés à destination en avance de quelques heures et qu'il me faudrait attendre le lever du jour avant de monter dans un deuxième autobus qui m'emmènerait dans le Chiapas, où j'allais retrouver Mariana et Teresa à la sortie de la gare. Peut-être que ma sœur et ma mère savaient que j'arrivais et qu'elles m'attendaient avec un énorme gâteau à mon nom, anxieuses de me voir, heureuses que nous ayons tous les trois échappé à l'ennui de la Colonia Educación. Heureuses surtout d'échapper à mon père : nous allions enfin fêter d'être sauvés de sa monstrueuse médiocrité, de sa méchanceté en pantoufles.

Mais au-delà de la fenêtre on ne voyait qu'un paysage poussiéreux. Nopals, pierres et arbustes rachitiques soudain éclairés – comme découverts en flagrant délit de leur être arbuste – par des lumières de lanternes errantes.

Le chauffeur descendit de l'autobus et je le vis, à travers la vitre, discuter avec trois hommes en uniforme militaire. Puis il ouvrit la soute à bagages, sur lequel un militaire dirigea le faisceau de sa lampe. J'étais soulagé de ne pas avoir emporté de bagage, car j'aurais été inquiet à l'idée que les soldats me le volent.

Teresa m'avait mis très tôt en garde contre la bassesse inhérente à tous les hommes en uniforme. Une fois nous avions été arrêtés par une patrouille alors que maman nous emmenait, Mariana et moi, à l'école. Un policier se dirigea vers notre voiture et, se penchant la fenêtre, il dit : "Quels beaux enfants vous avez, madame. Vous devriez conduire plus prudemment, ce serait dommage qu'il leur arrive quelque chose." Elle le regarda droit dans les yeux, sans tomber dans le jeu des intimidations auquel l'homme voulait se livrer, et répondit très sérieusement : "Je n'ai commis aucune infraction au code de la route, mais si vous insistez à penser le contraire, collez-moi une amende et laissez-moi emmener mes enfants à l'école, parce que je n'ai pas l'intention de vous donner un seul peso." Très surpris, le policier nous laissa repartir sans nous infliger la moindre amende, et Teresa nous expliqua que les policiers, les flics de la judiciaire et les militaires ne cherchaient qu'à humilier les gens et à leur extorquer de l'argent, un peu comme ces enfants agressifs qui terrorisent les plus petits à l'école.

Cette leçon précoce sur le rôle des forces de l'ordre dans la vie publique fut renforcée plus tard par d'abondants commentaires et discussions sur l'action des militaires dans le Chiapas, au début du soulèvement de 1994. Mon père était exaspéré par la "vision simpliste" de Teresa, tandis qu'elle déplorait qu'il "relativise des faits aussi évidents que la répression de l'État". Ces disputes me paraissaient incompréhensibles, et surtout ennuyeuses, relevant d'un monde dont je ne connaissais pas les codes, mais le message affirmant que les militaires étaient des fils de pute s'était gravé en lettres de feu dans mon subconscient, de la même façon que la peur primitive du Voleur d'enfants et des tatouages temporaires s'était inscrite en moi comme un mécanisme de défense – alimentée par les légendes qui circulaient dans la cour de récréation et parmi les enfants du quartier.

Aussi, en voyant les militaires fouiller les bagages, au bord de la route et en pleine nuit, j'eus la certitude que quelque chose de mauvais allait arriver et je me tournai vers ma voisine de siège comme cherchant dans son inquiétude la confirmation de ce mauvais augure. Je crois qu'elle se rendit compte de mon angoisse et elle s'efforça, autant qu'elle le put, de masquer sa propre peur. Elle me demanda mon prénom – que je lui donnai – et me dit que le sien était María Concepción mais que tout le monde l'appelait Mariconchi. Ce surnom dut m'arracher un sourire involontaire, car Mariconchi me demanda pourquoi je le trouvais si drôle. Elle dit cela sur un ton amusé, comme si elle-même savait que son surnom était un peu ridicule.

Cet échange détendit l'ambiance entre nous. Après tout, le fait d'être arrêté ainsi au bord de la route n'était peut-être pas si grave. Peut-être que cela arrivait régulièrement et que je ne pouvais pas le savoir. Je me consolais avec ces pensées lorsque Mariconchi me prit une main et s'approcha de moi pour me murmurer à l'oreille : "Si on te pose des questions, mon chéri, tu dis que je suis ta tante et que tes parents m'ont chargée de t'accompagner à Villahermosa, d'accord ?"

Loin de me tranquilliser, ce plan ne fit qu'aviver mes pressentiments. Qui allait me demander si je voyageais seul, si Mariconchi était ma tante et si mes parents m'attendaient à Villahermosa ? Les militaires allaient-ils me soumettre à un interrogatoire ? Cette éventualité me donna des frissons. Peut-être m'avaient-ils découvert d'une manière ou d'une autre ? Était-il illégal de voyager seul quand on est un enfant ? Peut-être que Mariana avait téléphoné à la police ou à l'armée pour leur dire que j'avais fugué et que les forces de sécurité s'étaient mobilisées sur mer et sur terre jusqu'à me retrouver incognito dans cet autobus qui traversait la nuit de bout en bout.

Un militaire monta dans l'autobus. Le couloir était resté suffisamment éclairé pour voir distinctement tous les passagers, mais le militaire braqua sa lampe sur le visage somnolent du passager du premier siège. Il l'examina attentivement et passa à son voisin. Il avança ainsi dans le couloir en éclairant les visages aux yeux chassieux de chaque passager. Il s'attarda plus longtemps à la troisième rangée et demanda à un homme en casquette de baseball de sortir de l'autobus. L'homme à la casquette tenta de protester et de demander des explications, mais le militaire le regarda d'un air narquois et répéta son ordre : “Descendez et attendez-moi.” Quatre autres passagers avant moi connurent le même sort.

Lorsqu’il arriva finalement à la rangée où nous étions, Mariconchi et moi, je ne pus m’empêcher de me presser contre elle. Le militaire passa le faisceau de sa lampe d’un visage à l’autre, comme s’il comparait nos traits. “C’est ta maman ?” demanda-t-il en me regardant. Je tentai de répondre, “ma tante”, d’une voix la plus grave possible, mais j’avais la bouche sèche et je ne parvins qu’à émettre un son ressemblant à un hoquet ou un grognement. “Descendez tous les deux pour une fouille, s’il vous plaît”, ordonna le soldat, et je pensai un instant que c’était ma faute, que si j’avais été capable d’articuler clairement, avec un aplomb d’adulte, il ne nous aurait pas demandé de descendre.

4

Le vent froid de la route m'enveloppa dès que je foulai le gravier. L'autobus s'était arrêté sur une aire de repos, près d'une baraque qui s'affichait comme un restaurant, mais qui était fermée ou plus probablement abandonnée. À quelques mètres, les phares d'un pick-up d'allure officielle éclairaient la nuit. Les passagers attendaient debout, alignés devant l'autobus. Tous paraissaient tranquilles, ils blaguaient et en profitaient pour se dégourdir les jambes et échanger des banalités. Loin de me rassurer, leur attitude m'inspira de la pitié : ces pauvres gens ne savaient pas ce qui nous attendait. Je les voyais comme des vaches marchant sans hâte ni pause vers l'abattoir.

J'imaginai la punition qu'allait subir Mariconchi si on découvrait que nous avions menti (ou tenté de mentir) aux militaires, s'ils découvraient qu'elle n'était ni ma tante ni ma mère ni rien. Ils allaient sûrement l'enfermer dans un cachot comme celui qui était décrit dans le roman de *Choisis ta propre aventure* que j'avais laissé à moitié lu dans ma chambre. J'imaginai Mariconchi emprisonnée dans une tour lointaine, d'où personne n'entendrait ses cris déchirants. Je me vis moi-même dans une prison aux murs de pierre froide, condamné à perpétuité pour avoir fugué, privé pour toujours de ma sœur, de Teresa, des copains d'école et de la pizza hawaïenne. Dans mon extravagante fantaisie, je me consolai en pensant qu'on me permettrait peut-être, en prison, d'avoir des petites feuilles de papier multicolore pour m'entraîner à faire des hérons et des pagodes en origami que j'avais ratés jusque-là. J'imaginai même que c'était comme ça que l'origami avait été inventé : un moine japonais prisonnier dans une pagode avec des barreaux aux fenêtres, abandonné dans une cellule puante avec pour seul recours une feuille de papier qu'il devait plier et déplier avec le plus grand soin, en sachant que, si elle se déchirait, sa raison se déchirerait elle aussi.

Trois autres passagers descendirent de l'autobus avec leurs sacs à l'épaule et nous rejoignirent. Mariconchi se rendit compte que je tremblais et ôta son châle dont elle m'enveloppa les épaules. Sa gentillesse ne m'inspirait plus aucune méfiance. Finalement je la connaissais depuis quelques heures, ce qui dans le contexte de mon aventure me parut soudain une éternité.

Un militaire se mit à expliquer que c'était un contrôle de routine, qu'il allait nous demander nos papiers d'identité, notre destination, et fouiller nos bagages. Chacun devait sortir sa valise ou sa caisse de la soute à bagages et montrer son contenu. À la fin de son explication, celui qui paraissait le chef ajouta : "Si vous n'êtes pas des guérilleros, vous n'avez rien à craindre." Mariconchi me pressa un peu plus contre sa hanche et se pencha pour me demander à l'oreille, sur un ton moqueur : "Tu n'es pas un guérillero, hein ?" Ces mots eurent sur moi un effet balsamique quasi immédiat. Si Mariconchi plaisantait, le plus probable était qu'il n'y avait aucun danger. Je me serrai un peu plus dans le châle tandis que les militaires commençaient à examiner les papiers et les valises.

La sensation de froid qui se glissait dans mes vêtements me rappela un samedi, pas très lointain, où Teresa avait décidé que nous passerions la journée aux lagunes de Zempoala, dans l'État de Morelos. Le plan était de partir tôt le matin pour éviter les embouteillages – la circulation ralentie mettait mon père hors de lui et provoquait des disputes avec Teresa qui gâchaient souvent nos vacances. Le contact de mon père qui me portait jusqu'à la voiture me réveilla, mais je fis semblant de continuer à dormir pour jouir du luxe, de plus en plus rare, de me laisser aller, de n'être qu'un paquet sous la responsabilité les autres. Une heure plus tard, nous nous sommes arrêtés à Huitzilac pour déjeuner de *quesadillas* et, malgré le blouson que je portais – sur les indications de Teresa –, je sentais l'air glacé s'infiltrer dans mon pantalon de pyjama. Mon père demanda de l'*atole** pour tous et nous bûmes ce liquide épais en silence. Pendant que nous mangions, un homme s'approcha pour nous vendre des cartes postales de très mauvaise qualité représentant des scènes de la Révolution mexicaine, parmi lesquelles la célèbre photo de Pancho Villa assis sur le fauteuil présidentiel, à côté d'Emiliano Zapata, après l'entrée triomphale des troupes révolutionnaires dans la capitale. Teresa lui acheta la carte postale à un prix supérieur à celui demandé (ce qui provoqua un regard réprobateur de mon père) et passa le reste du déjeuner à nous raconter des histoires sur cette photo, en décrivant avec une verve de narratrice experte le caractère truculent de Pancho Villa et le respect que témoignait Zapata aux paysans qui luttaient à ses côtés.

Enveloppé dans le châle de Mariconchi près de l'autobus qui devait m'emmener à Villahermosa, éclairé de temps à autre par les lampes des soldats, je pensais à ce petit-déjeuner à Huitzilac qui me parut subitement un souvenir flou, d'une époque très lointaine. En un certain sens, c'était un souvenir hors du temps, comme si ma vie n'était pas une ligne droite que l'on pouvait remonter vers son origine, mais plutôt une ligne discontinue, avec des ruptures où les souvenirs formaient de petits tas lointains, lambeaux d'une époque qu'aucun effort ne parvenait à reconstruire fidèlement.

Le faisceau lumineux s'arrêta finalement sur mon visage et je me contractai un peu, en me cachant dans le châle comme un animal qui, surpris par les phares d'une voiture, se replie sur lui-même en attendant le choc. Le choc, dans ce cas, arriva sous la forme d'une question, non pas adressée à moi mais à Mariconchi, qui eut à son tour le faisceau lumineux en plein visage : "Quel âge elle a, la petite ?" Le soldat avait une voix nasillarde. "Onze ans", inventa Mariconchi. "Et c'est un garçon, pas une fille", ajouta-t-elle. Je souris sous le châle, content qu'elle m'ait attribué un an de plus et qu'elle ait corrigé le soldat quant à mon sexe. Mais mon sourire fut bref. Le soldat éclata d'un rire grossier, irrépressible. J'avais déjà entendu un rire semblable, dans un endroit dont je ne parvenais pas à me souvenir. Le soldat était à peine un adolescent que le rire vieillissait. "Ah, déjà pédé ! Et avec un châle !" Et il rit de plus belle.

À l'école primaire Paideia, le mot "pédé" était la plus grave insulte qu'un enfant puisse adresser à un autre. On me l'avait souvent lancée, surtout à cause de ma maladresse en sport, mais je me gardais bien de me mettre en colère : je m'efforçais d'ignorer l'insulte et, tout au plus, je réagissais en montrant mon majeur en souriant, ce qui paraissait déconcerter mes insulteurs.

Victor Flores, en revanche, était la cible parfaite. Pédé, pédale, tapette, lopette, tantouze : il n'y avait pas de variante de cette insulte qui ne lui soit adressée au moins une fois par jour. Et Victor Flores, invariablement, pleurait de rage, jetait par terre les livres de l'agresseur, criait un chapelet interminable de gros mots et finissait, lui, puni dans le bureau de la directrice, une Française souriante, toujours habillée en rouge.

L'image de Victor Flores, reniflant et défiguré de colère, me vint fugacement à l'esprit en entendant la voix nasillarde du soldat qui me traitait de pédé. Mais je n'eus pas le temps de souffrir de l'insulte : encore exalté par son rire intempestif, le soldat adolescent se pencha jusqu'à ce que son visage soit au niveau du mien. “T’es un garçon ou t’es un pédé ?” Sa question m’effraya moins que l’haleine qu’il exhalait, une odeur de plastique brûlé, ou de ces liquides fluorescents que mon père gardait dans le garage et qu’il versait de temps en temps dans le moteur de la Tsuru. Le soldat adolescent souriait en me regardant et subitement je crus me souvenir où j’avais déjà entendu ce rire. C’était le rire de mon père, le rire qu’il lâchait parfois devant la télé et que j’entendais de ma chambre, dans ma Capsule à luminosité zéro ou pendant que je classais les feuilles d’arbuste que j’avais collectées ce jour-là.

Mariconchi perçut le danger et tenta de m’écarter du soldat en m’abritant derrière elle. Le soldat se redressa et lui donna une gifle légère, visant à faire plus de peur que de mal. Mariconchi protégea son visage avec ses mains. Un des voyageurs qui avaient été fouillés voulut intervenir, mais un deuxième militaire s’approcha l’air menaçant en brandissant son fusil pour le frapper.

Le soldat adolescent se pencha de nouveau vers moi, en m’infligeant son haleine de produits chimiques. “On va voir si t’es une fille ou un petit pédé.” J’étais pétrifié et Mariconchi, muette d’impuissance, pleurait en silence, dans une immobilité absolue, comme les vierges miraculeuses des églises.

Le soldat adolescent écarta le châle de Mariconchi et se mit à me palper des mollets jusqu’en haut comme s’il cherchait une arme. À cet instant je ne pensais à rien. Mon esprit était pour la première fois en blanc, comme une feuille de papier sans pliure. Le deuxième soldat, qui nous observait à quelques pas, intervint sur un ton qui se voulait léger, mais trahissait sa crispation : “Ça va, laisse tomber.” Le soldat adolescent retira vivement ses mains comme s’il sortait d’un état second, ou comme s’il s’était brûlé. Il se redressa et s’avança vers le passager suivant, qu’il fouilla machinalement avant de lui demander ses papiers.

Je n'entendis plus son rire, de sorte que je ne pus confirmer qu'il ressemblait à celui de mon père, mais cette idée – ou plutôt cette intuition – se tapit dans un recoin obscur de moi-même, comme une bête s'apprêtant à bondir sur sa proie.

Tout paraissait soudain plus silencieux, comme si un moteur venait de s'éteindre. Mariconchi me serra fortement dans ses bras, et m'enveloppa de nouveau dans son châle. Elle me faisait un peu mal en me serrant ainsi. Je fermai les yeux et la laissai faire, mais il y avait en moi une raideur qui résistait à l'étreinte, comme si je m'étais changé en un morceau de bois éclaté. J'avais envie d'être dans ma Capsule à luminosité zéro, ou couché dans mon lit, entouré de hérons d'origami ratés, à écouter à travers la cloison la musique de Mariana. J'avais envie d'être à Huitzilac en train de manger des *quesadillas* avec Teresa, d'entendre sa voix monotone, à peine enthousiasmée à l'évocation des hommes illustres du passé. J'avais surtout envie d'être dans le Chiapas avec elle, de marcher à côté d'elle sur un sentier embrumé, guidés par l'homme au passe-montagne et à la pipe.

Quand je rouvris les yeux, j'étais de nouveau assis sur mon siège de l'autobus, près de la fenêtre. Nous roulions à vitesse régulière et j'ai alors pensé que tout cela n'avait été qu'un cauchemar. Je n'avais aucun souvenir précis de la fin de l'épisode du contrôle routier, de mon retour dans l'autobus avec Mariconchi, de la façon dont je m'étais endormi et du temps qui avait passé depuis. Le plus probable était que j'avais fait un rêve horrible, provoqué par les sombres histoires du Voleur d'enfants, par les romans de *Choisis ta propre aventure*, par la disparition de Teresa et par le sérieux avec lequel le Rat m'avait mis en garde contre la guerre au Chiapas.

Je sentis du froid sur mes jambes et pensai que c'était l'air conditionné, mais en baissant la tête je découvris que mon pantalon était mouillé. L'odeur d'urine était diffuse mais indubitable, et bien que ça me fasse honte, je me consolai que ce soit une odeur organique et familière, différente de l'haleine chimique du soldat adolescent.

Assise à côté de moi, Mariconchi regardait fixement droit devant elle, comme si elle m'ignorait et que nous n'avions pas échangé un seul mot. Ou comme si elle dormait les yeux ouverts. Mariana m'avait parlé de cas semblables : des somnambules qui dormaient les yeux grand ouverts, sans ciller.

Peu après, j'aperçus par la fenêtre une lumière au loin, à l'horizon, et un moment plus tard le soleil se leva. Mon pantalon était presque sec, mais l'odeur persistait, atténuée. Les passagers se réveillaient comme s'il ne s'était rien passé, comme si l'arrêt nocturne au bord de la route avait été, pour eux aussi, un rêve réaliste qu'ils oublieraient au fil des heures, à mesure que le soleil réchaufferait le monde.

5

Si j'avais le courage de sortir de ce lit, j'aimerais prendre un taxi pour la gare routière de Taxqueña et le même autobus pour Villahermosa dans lequel j'étais monté il y a vingt-trois ans. Peut-être qu'ainsi, par cette répétition rituelle, l'effet de cette nuit – de cet été-là – se dissiperait complètement. Peut-être alors le rêve de mon père, le pigeon, le rire du soldat adolescent, le regard fixe de Mariconchi, mes sombres pressentiments en observant le lever du jour par la fenêtre, tout cela pourrait devenir affaire classée, eau écoulée, anecdote lointaine qui aurait cessé de m'affecter. Mais je sais qu'il serait inutile d'aller à Taxqueña et de prendre cet autobus. Cela ne servirait à rien. Je dois d'abord écrire l'histoire jusqu'au bout, noircir ce cahier à spirale jusqu'à la dernière page, puis le déposer au pied du lit où je suis prostré et ouvrir le deuxième cahier. Non parce que écrire serait un acte salutaire, mais parce que c'est ainsi que je peux me dire les choses auxquelles je n'ose pas penser quand je suis seul. C'est seulement lorsque j'aurai tout écrit que je pourrai me regarder dans le miroir et ne plus voir le visage d'un autre, de cet autre qui me poursuit à l'intérieur de moi.

Josefina – la femme qui nettoie l'appartement sur les instructions de Mariana – est venue ce matin, d'où je déduis que nous sommes vendredi. J'ai parlé un long moment avec elle, ou plutôt c'est elle qui m'a longuement parlé et je l'ai écoutée de mon lit. Par moments ses paroles se perdaient au loin, quand elle faisait la vaisselle, mais ensuite je devinais au contexte de l'histoire ce que je n'avais pas réussi à saisir. Il s'agissait d'une anecdote alambiquée et douloureuse de disputes entre voisins et de menaces de la part d'un cacique local.

Avant de s'en aller, elle m'a dit que je devrais parler plus souvent avec "Mme Mariana", comme elle appelle ma sœur. Qu'avait-elle vu ou entendu chez ma sœur qui l'incitait à me donner un tel conseil ? Mariana allait-elle bien ? Se serait-elle séparée de sa compagne après quatre années de bonheur conjugal ? Ou était-ce plutôt ma vie dans cet appartement qui lui faisait penser que j'avais besoin de parler avec quelqu'un ?

En tout cas, je décide de m'adresser à Mariana. Pas de l'appeler au téléphone, ce qui me paraît excessif, mais de lui envoyer un message. "Tu te souviens du jour où j'ai donné un coup de pied à un pigeon sur la place ?" Sa réponse se fait attendre mais finalement, à la tombée de la nuit, elle arrive : "Tu as pleuré pendant trois jours."

Malgré son apparente froideur, la réponse de Mariana me calme un moment. Bien qu'elle me sache fragile et perturbé, et qu'elle n'ignore pas que je ne sors pas de mon lit, Mariana ne me traite pas avec condescendance, et j'en suis heureux. Me critiquer et rire de mon côté dramatique est sa manière de me témoigner de l'affection. Il y a bien des années que je suis en paix avec ça.

Quand Mariana avait quitté la maison, j'avais pris pour une trahison impardonnable qu'elle me laisse seul avec mon père. Lequel, profitant de la situation, transforma la chambre de ma sœur en un débarras où il relégua un téléviseur en panne et un vélo d'appartement dont il ne s'était servi que trois fois. Cette pièce, couverte de poussière, paraissait représenter le fossé qui le séparait de sa fille.

Sans le lubrifiant de la cohabitation quotidienne, ma relation avec Mariana commença à rouiller. Puis, elle rompit toute relation avec mon père pendant quelques années, après une dispute dont personne ne m'expliqua jamais les détails. J'affrontais alors les conflits classiques de l'adolescence – accentués par l'envie de ressembler à ma mère morte – et je n'avais pas la maturité suffisante pour renouer les liens fraternels que Mariana avait brisés unilatéralement.

Seul le cancer brutal de mon père, il y a deux ans, réussit à nous rapprocher. Les premières rencontres à la cafétéria de l'hôpital furent un peu tendues. Au début, nous fîmes chacun le point sur notre situation de manière convenue, comme d'anciens collègues de travail, sans entrer dans les détails ni parler de sentiments. La maladie de mon père était bien sûr le sujet sur lequel nous revenions le plus souvent. Nous commentions les pronostics médicaux, les traitements proposés sans conviction et sans parvenir à nous convaincre, les conditions générales de l'hôpital. Puis nous restions silencieux, mal à l'aise, en buvant à petites gorgées nos cafés brûlants dans des gobelets en polystyrène.

Mais peu à peu nous nous sommes détendus, peut-être vaincus par la fatigue causée par notre présence auprès de mon père malade. Une espèce de complicité s'installa de nouveau entre nous. Elle recommença à me faire bisquer comme lorsque nous étions gamins et je tentai en vain, plusieurs fois, de la faire parler de Teresa et de l'été 94. “N'y pense plus, frérot. C'était il y a longtemps, ça n'a plus d'importance.” Mais Mariana avait beau nier le poids du passé sur sa vie, il était évident que la mort prématurée de Teresa l'avait affectée autant que moi, mais avec des conséquences différentes, peut-être même opposées. Ce qui en Mariana s'était changé en rage, en inspiration, en un moteur qui lui donnait direction et énergie dans sa vie, m'avait rongé de l'intérieur comme une rivière souterraine, érodant ma fragile normalité d'adulte.

Après avoir quitté la maison de la Colonia Educación, Mariana obtint ses diplômes avec mention et fit une carrière brillante de conseillère en politiques publiques. Je ne le lui ai pas dit alors, je ne le lui dis toujours pas – ce serait bizarre de lui dire ça par SMS –, mais j'ai toujours pensé que quelque chose de l'irréductible esprit critique de Teresa, de sa façon de prendre les choses au sérieux, survit clairement en elle.

Pour ma part, il m'est plus difficile de dire ce que j'ai hérité de Teresa. Malgré mes efforts pour lui ressembler, la vie publique n'a jamais réussi à m'intéresser suffisamment pour me passionner pour les choses qui comptaient pour elle – et qui comptent maintenant pour Mariana. J'ai même l'impression qu'au fil des années mon visage ressemble de moins en moins au sien. Et, comme je l'ai dit, ma voix n'a jamais eu ce ton neutre qui était le sien.

Un temps, je me suis convaincu que j'avais hérité de Teresa sa capacité analytique, sa manière de tout questionner, de se méfier de tout. Maintenant je me rends compte que je ne me suis pas assez méfié.

De mon père, en revanche, j'ai les sourcils et le menton, la colère facile et, apparemment, la triste propension à ne pas bouger de mon lit même si le monde s'écroule.

Sur le plan matériel, j'ai également tout hérité de lui, y compris l'argent avec lequel j'ai acheté cet appartement et ces cahiers à spirale dans lesquels j'écris. Quand j'ai vidé la maison de la Colonia Educación, je n'ai trouvé quasiment rien ayant appartenu à Teresa, à part quelques photos, quelques livres de théorie politique et deux lettres : celle qu'elle avait laissée à mon père sur la table de nuit en partant et une autre qu'elle lui avait envoyée par la poste depuis le Chiapas peu avant de mourir.

6

Il faisait grand jour lorsque le chauffeur de l'autobus fit un arrêt et nous annonça que nous avions quinze minutes pour acheter de quoi manger et aller aux toilettes. Cet arrêt me fit penser que nous étions encore très loin de Villahermosa, mais Mariconchi, devinant mon inquiétude ou la lisant sur mon visage, m'assura qu'il nous restait tout au plus deux heures de route.

Mon moral avait faibli après l'épisode du contrôle militaire, dont la réalité n'était pas encore certaine. Au lever du jour, je me convainquis que ce voyage n'avait aucun sens. Jamais je ne retrouverais Teresa. Pour commencer, parce que je ne savais pas où elle était. Mon idée de demander à rencontrer l'homme à la pipe et au passe-montagne jusqu'à rejoindre Teresa en pleine guerre et au fond de la jungle du Chiapas commença à me paraître d'une naïveté honteuse. J'avais faim, je voulais changer de vêtements et ne plus sentir la pisse.

Mariconchi me demanda si j'avais de l'argent pour m'acheter de quoi manger et je sortis de ma poche les quelques pièces qui me restaient de l'argent du Rat. "Garde-les, je t'invite, mon chéri, on est maintenant de vieilles connaissances", me dit-elle, et j'éprouvai une paix immense de constater que ma perception du temps était partagée : nous venions de traverser la nuit la plus longue de l'histoire. Même le contrôle militaire (l'haleine chimique du soldat, l'écho de son rire) me paraissait un souvenir lointain, comme survenu pendant l'année scolaire écoulée – une histoire obsolète, connue de tous et commentée par personne.

Pendant que Mariconchi faisait la queue pour acheter quelque chose à manger, j'en profitai pour aller aux toilettes de la station-service. Je m'enfermai dans une cabine. La cuvette était bouchée et le sol jonché de papiers souillés de merde. En faisant très attention de ne rien toucher, j'enlevai mon pantalon, puis le caleçon, que j'abandonnai dans un coin. Alors je me rendis compte que ce caleçon portait une étiquette en tissu à mon nom. Une étiquette que Teresa avait cousue sous l'élastique. Je pensai à le ramasser pour l'emporter. Ce n'était pas une bonne idée de laisser dans cet endroit une piste sur mon identité. Si ma vie était devenue un livre de la série *Choisis ta propre aventure*, le mieux était de commencer à réfléchir comme un personnage de ces histoires.

D'un autre côté, ce caleçon me dégoûtait et me faisait honte. L'urine avait séché, dessinant des continents étranges sur le tissu blanc. Une solution intermédiaire me vint à l'esprit : je ramassai le caleçon, j'arrachai l'étiquette à mon nom et la mis dans ma poche, puis je jetai le caleçon parmi les papiers sales. Je sortis de la cabine et me lavai les mains avec la satisfaction d'avoir agi avec sagesse. Mon pantalon était un peu raidi et sentait l'urine séchée, mais j'avais l'impression d'être plus libre. J'avais effacé mes traces. Je n'avais plus de caleçon étiqueté à mon nom, ni de destin défini. Je n'avais pas de maison, pas de famille, pas d'amis. La distinction entre vacances et école avait perdu son sens. À partir de ce moment, je pouvais commencer une nouvelle vie, changer d'identité et me faire adopter par Mariconchi, dont j'aimais les câlins et qui usait de mots tendres, impensables dans la bouche de Teresa. Je pouvais m'inventer une nouvelle vie à la mesure de mes désirs et de mes frustrations. Une vie à Villahermosa, État de Tabasco, sous le soleil humide des tropiques.

Si l'on m'avait donné à choisir un nom pour ma nouvelle identité, je n'aurais pas hésité une seconde : Úlrich

González. Ainsi s'appelait un enfant qui était arrivé à l'école Paideia en milieu d'année scolaire, pour disparaître tout aussi intempestivement deux semaines après. Úlrich était un enfant pâle et maladif. On disait que ses parents voyageaient beaucoup. Personne à l'école n'avait réussi à devenir ami ou rival d'Úlrich González et tous semblèrent oublier son existence aussi vite qu'il cessa de venir en classe, mais son nom resta inscrit sur les listes pendant des mois et certains maîtres distraits le lisaient en faisant l'appel comme s'il était encore parmi nous. Cette répétition d'un nom aussi mystérieux s'était puissamment gravée dans ma mémoire, au point que je répétais moi-même à voix basse, comme une invocation : "Úlrich González, Úlrich González."

Si j'endossais cette nouvelle identité, si je devenais Úlrich de Villahermosa, je ferais des choses différentes. Pour commencer, j'essaierais de jouer au football, de m'intéresser davantage au sport, de faire partie du groupe des élèves populaires et réputés de l'école. Je rentrerais chez moi chargé d'anecdotes que je raconterais, excité et souriant, à Mariconchi, ma mère adoptive. Úlrich González serait l'enfant le plus populaire de Villahermosa, peut-être même de tout l'État de Tabasco. J'aurais une petite amie, éventuellement, et à elle seule, en un moment d'enthousiasme aveugle provoqué par notre premier baiser, je dirais la vérité sur mon passé : que mon prénom n'était pas Úlrich, que j'avais décidé de m'appeler comme ça dans les toilettes pleines de merde d'une station-service, à dix ans, après m'être échappé de ma maison de la Colonia Educación, à Mexico, avec la mission secrète de sauver ma mère, impliquée dans une guerre cruelle et sanguinaire à laquelle elle avait décidé de participer par pur élan héroïque. Ma petite amie me regarderait, incrédule pendant quelques secondes, puis jetterait ses bras autour de mon cou et me dirait qu'elle l'avait toujours su, ou soupçonné : que dans le fond de ma personnalité sportive et sympathique d'Úlrich González palpitait un obscur secret indéchiffrable qui l'avait captivée dès notre première rencontre.

La voix de Mariconchi interrompit mes rêveries. "Tiens, je ne savais pas si tu aimais le piment, mais je t'ai acheté un *tamal** vert." Je n'aimais pas le piment, je ne le supportais pas, et je n'aimais pas non plus la couleur verte. Pendant les repas, Teresa nous disait toujours que mettre du piment partout était une mauvaise habitude, ça tuait les saveurs. En fait, c'était une de ses nombreuses manières de se différencier de mon père, qui ajoutait des quantités industrielles de *chile habanero** dans n'importe quel plat, des œufs jusqu'au *pozole**. Bien sûr, j'en profitais, comme d'habitude, pour prendre le parti de Teresa, je prenais toujours son parti. Mais peut-être qu'Úlrich González supportait et même aimait le piquant, et c'était un moment idéal pour commencer à me comporter comme l'aurait fait Úlrich. "Merci", dis-je à Mariconchi, et je voulus lui prendre la main, mais elle esquiva mon geste comme si elle commençait à se lasser de s'occuper de moi, ou que ma soudaine familiarité l'inquiétait.

Ce camouflet de Mariconchi ne me vexa pas. Au contraire : que ma compagne de voyage montre un peu d'hostilité explicite faisait d'elle une personne plus intéressante. Brusquement, Mariconchi n'était plus la prolixe et douce mère qui parcourt le monde en appelant "mon chéri" le premier venu, mais une femme avec ses humeurs et ses nuances, une femme courageuse, aussi – comme ma mère, comme Mariana –, qui avait défié la violence irrationnelle du soldat adolescent pour protéger un enfant inconnu, un quelconque Úlrich.

Nous avons regagné nos sièges dans l'autobus. Le châle que Mariconchi m'avait prêté pendant le contrôle était roulé en boule sur mon siège, comme un rappel que tout cela avait été réel et non pas un cauchemar.

Nous avons mangé en silence nos *tamales*, en les effritant avec des fourchettes en plastique et en répandant des miettes autour de nous. Le piment m'était quasiment insupportable. Il me brûlait la langue, mais cette douleur auto-infligée me parut d'une certaine façon purificatrice, rédemptrice, balsamique. Mon nez gouttait et je respirais de plus en plus fort. Mariconchi s'en rendit compte, mais elle ne dit rien. Je remarquai même qu'elle s'efforçait de ne pas me regarder, la tête tournée vers le couloir et, plus loin, vers un couple de gros de la rangée voisine qui avait acheté des quantités énormes de nourriture et de boissons.

L'autobus roulait plus vite, comme stimulé par le soleil et la promesse de l'arrivée imminente. La conscience du réel commença à s'imposer à moi : il n'était plus envisageable de changer d'identité maintenant. Mariconchi ne m'accepterait pas dans sa vie en tant qu'Úlrich González et je n'allais pas avoir une petite amie empathique et gentille à Villahermosa, Tabasco.

Par ailleurs, je n'étais plus très sûr de vouloir poursuivre mon voyage jusqu'au Chiapas. L'épisode des militaires avait tout changé. Le monde des adultes était plus brutal et terrible que ce que j'avais imaginé à Taxqueña, avant de m'embarquer dans l'aventure la plus dangereuse de ma courte vie. En poursuivant jusqu'au Chiapas, d'autres contrôles militaires m'attendaient, de nouvelles humiliations. Je n'étais pas du tout prêt à ça. Trompé par une conception plutôt flottante de la géographie mexicaine, j'avais entrepris ce voyage sans la préparation nécessaire. Je n'avais même pas mon sac à dos. Je n'avais pas non plus mon livre *Choisis ta propre aventure* ni ma gourde.

"Ta maman ne t'attend pas au Chiapas, pas vrai ?" me demanda soudain Mariconchi lorsqu'elle eut fini de manger son *tamal*. Les mères savent ces choses-là. Je fis non de la tête, honteux. "Tu t'es échappé de chez toi ?" demanda-t-elle du même ton prudent. Je lui dis que oui.

Je tentai de lui expliquer que ma mère était bel et bien dans le Chiapas, mais Mariconchi me fit taire d'un geste de la main. Elle regarda de nouveau les gros de la rangée voisine. Elle réfléchissait. Finalement elle décréta : "En arrivant à Villahermosa, on va appeler tes parents, mon chéri, et ils viendront te chercher."

J'anticipai la réprimande de mon père : il allait prendre l'air grave, tenter de me raisonner, parler en détachant les mots, m'expliquer les risques que j'avais courus en partant comme ça. Mais il allait s'échauffer en parlant, c'était toujours comme ça. Des explications, il passerait rapidement aux cris. Son discours patient et réfléchi allait dégénérer en une explosion d'émotions incontrôlées. Je connaissais bien ses changements de tons, de registres. C'étaient aussi les miens : moi non plus, je ne pouvais pas avoir une discussion sensée (comme Teresa pouvait le faire, comme Mariana peut encore le faire). Je ne pouvais ni ne peux soutenir le regard de quelqu'un qui pense différemment, ou qui a fait quelque chose qui me dérange. Même enfant, je n'en étais pas capable. Je m'exaltais, je perdais pied. Les cris de mon père ne me faisaient donc pas peur : c'étaient mes cris, la même irrationalité instable, explosive.

Si Teresa avait été là, j'aurais redouté beaucoup plus les représailles. Elle aurait pris son temps, aurait cherché soigneusement les mots qui pouvaient le plus profondément me secouer : "Tu me déçois", ou "Je suis très triste de voir qu'on ne peut pas te laisser un moment seul". Phrases dévastatrices qui touchaient toujours juste, qui désarmaient mon fragile château de prétextes, comme une vague qui réduit à néant les plus complexes constructions de sable. Parviendrais-je un jour à ce degré de précision avec les mots, cette condition ninja du langage que Teresa brandissait contre nous, ses enfants, comme un sabre léger et tranchant ?

Je pensai que Teresa était peut-être revenue à la maison, précisément cette nuit-là, pendant que je me pissais dessus dans un autobus. Ces coïncidences magiques se produisaient toujours dans les histoires que je lisais : l'enfant qui sauve son meilleur ami prisonnier d'une grotte à l'instant précis où elle s'écroule ; le prince qui, après des années de guerre, arrive au chevet de son père au moment précis où il prononce ses derniers mots.

Je lâchai la bride à cette fantaisie : si Teresa était revenue, alors il n'y aurait ni réprimande ni "tu m'as déçue", mais des retrouvailles avec des embrassades prolongées. La voix de ma mère, enfin, prendrait les intonations de la tendresse, brisée par des spasmes et des émotions, puis je lui montrerais, exalté, mes progrès dans l'art japonais de l'origami ; je lui parlerais de Mariconchi et lui raconterais comment j'avais courageusement protégé cette dame effrayée par le joug et les humiliations des soldats, sur une route perdue en pleine nuit. Et Teresa m'écouterait comme jamais elle n'avait écouté mes anecdotes : avec un intérêt authentique et le respect de qui écoute parler ses pairs.

Pendant ce temps, mon père nous servirait de la limonade, comme un majordome obséquieux, ou alors regarderait la télé, absorbé comme le gosse qu'en réalité il était, et moi je serais enfin l'adulte de la maison : je m'installerais dans la chambre de Teresa malgré les protestations furieuses de Mariana, de mon père et de l'homme au passe-montagne et à la pipe.

7

De Villahermosa, je garde peu de souvenirs. Je n'avais jusque-là jamais senti une chaleur comme celle qui nous accueillit en descendant de l'autobus, même à Acapulco. Le passage de l'air conditionné à l'air humide et lourd de la gare routière était aussi radical que si nous étions passés de l'atmosphère d'une planète à une autre. La gravité aussi paraissait distincte : il fallait faire plus d'efforts pour soulever les pieds du sol. J'imaginai un moment la possibilité que Villahermosa soit, en effet, une autre planète. Une planète où tout le monde disait "mon chéri" et qui était considérablement plus près du Soleil que la Colonia Educación.

Mariconchi sortit sa valise de la soute à bagages, une grosse valise informe, encombrante. Elle me regardait avec une certaine hostilité. Cette femme n'était peut-être pas habituée au mensonge et trouvait impardonnable que je lui aie dit que Teresa m'attendait dans le Chiapas et laissé entendre que j'avais entrepris ce voyage avec l'approbation de mes parents et leur concours. À la maison le mensonge, en revanche, était un moyen comme un autre. Entre Mariana, Teresa et moi, le mensonge n'avait pas une réputation pire que, disons, une rime consonante, et nous y avions souvent recours. Avec mon père, c'était autre chose. Il ne supportait pas qu'on lui mente, sa rancœur se déchaînait et il passait plusieurs jours les nerfs en pelote s'il nous surprenait à mentir.

Les mensonges de Mariana étaient, ça me fait mal de le reconnaître, les meilleurs. J'ai toujours admiré sa capacité à inventer des mensonges hypercomplexes – qui prenaient souvent la forme de prétextes – en quelques secondes.

Un jour, elle avait prévu d'aller à une fête sans la surveillance d'un adulte, organisée par les élèves de troisième du lycée. Je l'avais appris en espionnant ses conversations téléphoniques, l'oreille collée à la porte de sa chambre. Pour obtenir la permission, elle avait dit à Teresa que sa copine Citlali avait organisé une soirée pyjama. À neuf heures du soir, Teresa décida d'appeler chez Citlali pour voir comment se passait la soirée et, bien sûr, Mariana n'y était pas, et elle n'y était pas passée de la journée. Une demi-heure après, c'est Mariana elle-même qui appelait et Teresa, furieuse, lui balança une de ses bombes émotionnelles genre "Tu m'as déçue". Ma sœur ne se démonta pas pour autant. Elle inventa une seconde Citlali, dont elle ne lui avait jamais parlé. Une gamine plus jeune et discrète, qui avait eu la polio enfant et qui marchait donc avec difficulté, à cause d'une hanche déplacée. Pour couronner le tissu de bobards qu'elle venait de produire, elle passa le téléphone à un homme qui affirma être le père de la Citlali infirme et dit à Teresa que tout se passait très bien.

Je ne sais si Teresa avait cru ce mensonge, et tant d'autres, de Mariana, mais en tout cas elle faisait comme si elle les croyait, et ma théorie est qu'elle nous entraînait à mentir efficacement : elle ne nous réprimandait que si le mensonge était faible, manquant de détails ou franchement stupide.

Sa disparition fut d'une certaine façon une leçon de plus dans cette constante espèce de fiction que fut la vie de Teresa. Elle avait joué le rôle d'épouse, de mère, de femme au foyer banlieusarde pendant seize ans : un mensonge auquel elle s'était cramponnée bec et ongles, de tout son corps, au point de finir par y croire. Je ne sais si ce fut le soulèvement zapatiste du Chiapas, la pente déclinante de sa vie de couple ou, plus généralement, l'avènement d'une Vérité majuscule, mais le fait est que cet été 1994 le mensonge de Teresa se craquela complètement. Ou peut-être se craquelait-il en silence depuis des années et que, ce mardi-là à midi, il finit par s'écrouler une fois pour toutes.

Avec le recul de deux décennies écoulées, je peux supposer que, en descendant de l'autobus, Mariconchi n'était pas précisément en colère contre moi. Il est vrai que mon mensonge l'avait placée dans une situation difficile, mais j'imagine plutôt qu'elle se sentait plus ou moins responsable de moi. Ou même qu'elle se sentait peut-être coupable que, sous ses yeux, un soldat anonyme m'ait traumatisé à vie, comme semble l'indiquer le fait qu'à dix ans, je me sois pissé dans le pantalon. Comment allait-elle expliquer à mon père que son fils était avec elle, à huit cents kilomètres de distance, sur une planète proche du Soleil et avec une force de gravité distincte ?

À la sortie de la gare routière, nous avons pris un taxi jusqu'à chez Mariconchi et je me souviens que le taxi était une voiture normale, à quatre portes, et non pas une de ces Coccinelle Wolkswagen, sans siège de copilote, qui pullulaient dans les rues de Mexico.

La maison de Mariconchi était peinte avec des couleurs très étonnantes. La porte d'entrée, bleu marine, les murs du salon, orangés, la cuisine, vert pâle, et les dalles du patio intérieur, couleur argile. Les multiples décorations de la maison en faisaient un cauchemar kitsch baroque. Des figurines de porcelaine voisinaient sur les étagères avec de petits vases commémorant noces et baptêmes. Je me souviens d'une collection de porte-clés touristiques (j'en comptai cinq de Veracruz) qui retint mon attention pendant quelques minutes. Cette maison ne ressemblait à aucune de celles que j'avais connues avant. Je fus aussitôt persuadé que c'était le style dominant de Villahermosa.

Au-delà de cette ornementation chargée, il y avait un élément inquiétant dans cette maison, qui donnait l'impression d'être aménagée comme un musée plutôt que comme un espace véritablement habité. Par le premier monologue qu'elle m'avait imposé dans l'autobus, à peine avions-nous quitté la gare de Taxqueña, je savais que les enfants de Mariconchi vivaient dans la capitale, mais je ne me souvenais pas avoir rien entendu sur son mari et je lui posai la question avec l'innocence typique de mon âge : "Il est où ton mari ?" Mariconchi me caressa la tête avant de répondre, et ce fut comme si elle m'avait dit "mon chéri" pour la énième fois, mais maintenant par un geste. "Il est décédé il y a trois ans."

J'ai toujours envié les enfants qui se comportaient avec une certaine aisance parmi les adultes, qui connaissaient le langage nuancé et cordial des rencontres amicales et qui étaient félicités par les maîtresses et les tantes comme "bien élevés". Teresa ne nous avait jamais appris à éviter les questions gênantes, à répéter les formules de politesse, ou à utiliser des synonymes plus légers que pouvaient exiger les circonstances. Ainsi s'explique le fait que, malgré mes lectures au contenu relativement morbide (parmi lesquelles la série *Choisis ta propre aventure*) et mon niveau passable en cours d'espagnol, à l'âge de dix ans je n'avais pas une idée très claire de ce que le verbe "décéder" signifiait. Chez moi, on disait simplement "mourir" : le papa de mon papa était mort avant ma naissance et la tortue japonaise de Mariana, Kurt, était morte avant que meure le chanteur en l'honneur duquel elle avait été baptisée de ce nom, mais personne dans mon entourage, que je sache, n'était jamais *décédé*. Au ton de Mariconchi, j'ai deviné que décéder n'était pas quelque chose de bon, mais par une série d'associations, qu'il me serait aujourd'hui impossible de reconstituer, je me suis dit que son mari était une espèce de légume en chaise roulante qu'elle allait voir de temps en temps dans une clinique.

Pendant que je me perdais dans ces considérations linguistiques (et oubliais, bien sûr, de lui adresser mes condoléances ou un simple mot de sympathie), Mariconchi sortit papier et stylo d'un tiroir et me demanda de noter le numéro de téléphone de mes parents, ce que je fis sans moufter, pressentant que sa patience et sa générosité avaient atteint leur limite. Puis elle s'éclipsa un moment et revint avec une serviette, un T-shirt et un short, de six ou sept tailles supérieures à la mienne. "Donne-moi tes vêtements et va te doucher. Je vais appeler ton papa et laver tes affaires pour que tu sois bien propre quand il viendra te chercher." Je compris aussitôt que sa demande impliquait de me voir nu et je me sentis rougir. Mariconchi dut s'en apercevoir, car elle se mit à rire. De voir s'effacer fugacement sur son visage l'air soucieux qu'elle avait depuis le matin me rassura un peu.

Je me déshabillai dans la salle de bains et, enveloppé dans la serviette qu'elle m'avait donnée, je lui tendis mon pantalon et mon T-shirt. J'eus honte à l'idée qu'elle me demande aussi mon caleçon, que j'avais jeté en boule dans les immondices des toilettes de la station-service, mais elle ne parut pas se rendre compte de son absence ou, devinant que c'était un sujet sensible, elle préféra n'en rien dire.

Enfermé dans la salle de bains, j'imaginai l'échange téléphonique qui était sur le point de se produire. Mon père devait être en train de me chercher désespérément. Il avait sûrement appelé la police, ou était déjà en prison pour avoir tué le Rat, après l'avoir torturé pour lui faire avouer ma planque. Mariana devait se sentir coupable, comme le jour où elle m'avait attaché à la grille avec l'antivol de son vélo, dont elle avait ensuite perdu la clé. La maison de la Colonia Educación devait être pleine de reporters et mon visage souriant allait apparaître à l'écran, avec celui d'autres enfants perdus, sur les avis de recherche de Canal 5, "au service de la communauté".

En tout cas, le téléphone ne sonnerait pas longtemps dans le lourd silence du salon avant que mon père se précipite fébrilement pour décrocher. J'imaginai sa surprise en entendant la voix aimable et saupoudrée de diminutifs de Mariconchi, son récit de notre voyage en autobus, la révélation que j'étais sain et sauf, en train de me laver chez elle et, peut-être, l'accusation traîtresse que je m'étais pissé dessus. J'imaginai l'impatience de ma sœur tentant de lui arracher l'appareil, les conseils de l'officier de police demandant de prolonger l'échange le temps que son équipe puisse localiser l'appel. Mais ce que je ne pus imaginer fut le dénouement possible de cette conversation. Quel serait le plan convenu ? Mon père allait-il filer aussitôt à Villahermosa, Tabasco, pour me ramener lui-même à la Colonia Educación ? Conviendrait-il avec Mariconchi qu'elle me fasse elle-même monter dans l'autobus de retour, en m'exposant au risque que le soldat à l'haleine chimique m'humilie de nouveau sur la route, en pleine nuit ? Mariana allait-elle proposer de venir me chercher à Villahermosa pour racheter sa faute, car après tout j'étais sous sa responsabilité quand j'avais disparu ? Et, surtout, la question fondamentale : allaient-ils demander à Mariconchi de me dire que Teresa était revenue ?

L'eau tiède coulait avec une pression plus forte qu'à la maison de la Colonia Educación. Je sentais le jet qui me massait le dos et restai ainsi un bon moment, sans me savonner.

Je me souvins d'un matin où je m'étais réveillé malade, toussant, avec des difficultés pour respirer et une douleur indéfinissable à la poitrine. Le pédiatre qui me suivait étant en vacances, Teresa m'emmena chez un autre, recommandé par un collègue de mon père.

Ce docteur était un vieil homme très raide, à l'air martial et aux manières brusques. Après m'avoir examiné et gribouillé une ordonnance de sirop contre la toux, il s'adressa à Teresa et, la mine grave, lui dit : "Ce dont cet enfant a besoin, c'est que son père le réveille à six heures du matin et l'oblige à se laver à l'eau froide. S'il l'habitue à cela tout petit, il ne sera jamais malade et deviendra un garçon plus fort et travailleur." Teresa sourit, remercia le médecin de ses conseils et nous sortîmes de son cabinet. J'étais très surpris par la prescription de ce traitement, qui ne ressemblait en rien aux remèdes de mon pédiatre habituel.

Dans la voiture, Teresa me regarda d'un air très sérieux et me dit, en imitant la voix rauque du docteur : "Cet enfant a besoin de se laver à l'eau glacée", et elle éclata d'un rire qu'elle paraissait retenir depuis un bon moment. Je ne l'avais jamais vue comme ça, imiter quelqu'un et éclater de rire, je veux dire. C'était une attitude qui contredisait l'image de sérieux absolu qu'affichait Teresa. Je ris à mon tour, mais de surprise, d'un rire plus nerveux que véritablement amusé.

Quand nous nous sommes calmés et que Teresa a démarré, je lui ai demandé, en changeant de ton : "Pourquoi il a dit que je dois me laver à l'eau froide ?" Et la réponse de Teresa me déconcerta encore plus : "Parce qu'il croit que, si on te réveille de bonne heure et qu'on te met sous l'eau froide, tu ne vas pas te masturber et tu conserveras toute ton énergie. Ce type doit être un religieux fanatique." Je ne répondis rien. Que pouvais-je dire ? Je me sentais honteux des insinuations du docteur, et en colère contre ma mère pour les avoir rendues explicites.

8

Une partie de moi sait que ma situation est insoutenable. Après deux années à vivre de l'héritage de mon père (du moins de ce qu'il en restait après l'achat de l'appartement où j'habite), il commence à être évident que je devrais chercher du travail, sortir dans le monde, reprendre ma vie là où je l'avais laissée quand, entouré de caisses en carton dans la maison inhabitée de la Colonia Educación, j'ai lu les deux lettres de Teresa et fouillé dans les papiers de mon père. Mais pour le moment je ne peux pas envisager d'affronter l'agitation de la ville. La seule idée de sortir accentue la sensation de vertige.

L'appel de mon père, il y a deux ans, m'avait pris par surprise. Nous avions l'habitude d'échanger des SMS un dimanche par mois, approximativement, en n'utilisant que les formules anodines qui caractérisent les relations père-fils les plus figées : "Comment ça va ?", "Bien, je me repose", "Tu vas regarder le match ?", "Non, je ne sais même pas qui joue", etc.

Un appel de lui, à dix heures du soir, et en plus un jeudi, était une anomalie annonçant des problèmes.

Après avoir un peu tergiversé, il m'a dit que depuis quelques mois il se sentait mal, très fatigué. Les dernières semaines, son état avait empiré : il n'avait plus assez d'énergie pour faire de la gymnastique le matin, avant de commencer sa journée de travail. J'ai gardé le silence en devinant que ce n'était pas tout : orgueilleux comme il était, mon père ne m'aurait pas appelé pour me dire qu'il se faisait vieux, qu'il se sentait faible ou patraque.

Après une nouvelle digression sur l'échec de la gauche à Mexico et le prix de l'essence, il trouva le courage de reprendre sa confession. Il avait vu le médecin qui lui avait prescrit des analyses quelques semaines plus tôt. Ce matin-là il était revenu à la consultation avec les résultats et le médecin lui avait annoncé qu'il avait un cancer.

Il n'a pas dit "tumeur", il a dit "cancer". Le mot m'a semblé très bizarre, comme si je l'avais moi-même répété à haute voix des heures durant, jusqu'à le vider de signification.

J'étais debout dans la cuisine, dans l'appartement que je louais alors, quand j'avais encore un travail, des projets, des aspirations. Je lui ai demandé d'attendre un instant et je me suis enfermé dans ma chambre. Le type avec lequel je partageais l'appartement n'était pas là, j'étais seul, mais j'avais l'impression que cette nouvelle exigeait plus d'intimité, j'ai fermé la porte et je me suis assis sur le lit.

J'ai demandé à mon père si on allait l'opérer ou commencer directement une chimiothérapie. Il a soupiré et dit "c'est inutile". Croyant qu'il allait ajouter quelque chose j'ai attendu, mais il avait dit tout ce qu'il voulait me dire. Il n'a jamais été très bavard.

"Tu en as parlé Mariana?", je réussis à demander avant qu'il raccroche. "À quoi bon lui parler, elle ne veut rien savoir. Elle est bien comme ça, avec sa compagne, son travail et ses petites affaires." La rancœur de sa voix cachait un appel à l'aide: il me demandait de servir d'intermédiaire, d'annoncer la nouvelle à ma sœur.

Je n'en avais pas très envie, bien sûr. Mariana et moi n'avions pas non plus une relation très étroite à ce moment-là. Mais il est vrai que, à la différence de mon père, elle m'avait invitée à son mariage un an plus tôt. Et son épouse, Katia, s'était montrée aimable et affectueuse, ne cessant de me dire que Mariana lui avait beaucoup parlé de notre enfance et à quel point nous avions été importants l'un pour l'autre après la mort de Teresa.

Mon père était et avait toujours été un troglodyte. J'étais habitué à ses maladresses, à sa façon un peu brusque de dire ce qu'il pensait, mais pour Mariana il lui était quasiment impossible de faire bonne figure. Une conversation entre eux au sujet du cancer risquait de tourner au vinaigre si je n'intervenais pas. Mon père pouvait profiter de l'appel pour se plaindre de son éloignement, de n'avoir pas été invité au mariage, de son refus de lui témoigner une reconnaissance amplement méritée pour avoir envoyé ses deux enfants à l'université (publique et gratuite, mais cela il ne le disait pas), lui seul, sans l'aide de personne. Et Mariana pouvait lui répondre en s'énervant qu'elle ne l'avait pas invité parce qu'elle ne voulait pas avoir honte de lui devant ses amis ; ma sœur était capable d'insinuer, dans le feu de la dispute, comme elle l'avait fait une fois, que mon père s'était retrouvé seul parce que ni Teresa ni personne n'avait la patience de le supporter, ce qui était rigoureusement vrai.

Quand j'ai appelé Mariana, elle était plus excitée que d'habitude. Pendant quelques minutes elle m'a parlé des vacances qu'elle et Katia projetaient à Holbox. Je lui ai demandé si elles avaient déjà réservé un hôtel, anticipant sa déception de devoir tout annuler si mon père mourait juste avant. Oui, elles avaient déjà fait toutes les réservations.

Je me suis finalement armé de courage pour aborder le sujet. "Je viens de parler avec papa." "Ah, tiens donc. Et qu'est-ce que raconte ce porc fasciste ?" Si dure qu'elle paraisse, cette expression était un qualificatif quasi affectueux que nous employions entre nous. "Il va mourir. Il a un cancer généralisé." "Je vais devoir annuler mes vacances" fut la réponse de ma sœur, qu'elle prononça d'une voix plate très semblable à celle de Teresa. J'imagine qu'elle espérait que je la démente, que je lui dise : "Mais non, pars, ne t'inquiète pas, je me charge de tout et je t'emmènerai au cimetière quand tu reviendras pour que tu saches au moins où est la tombe sur laquelle tu n'iras jamais." Mais je n'ai rien dit et Mariana et Katia ont annulé leurs vacances.

Huit jours après, mon père était à l'hôpital, perfusé à la morphine. Il avait souhaité, disait-il, "mourir en paix chez moi", mais dès qu'il apprit son cancer, la douleur se déclencha, comme si la maladie avait attendu d'être baptisée pour proliférer et s'acharner. Il fut tout de suite évident qu'il passerait le reste de ses jours – qui ne pouvaient être nombreux – sur le lit de cet hôpital de la Colonia Roma. Personne ne veut que son père meure seul, entre le changement de service des infirmières, les vêtements tachés de gelée, devant des jeux télévisés sur l'écran de la chambre, aussi ai-je commencé à rester avec lui à l'hôpital, en faisant des déplacements occasionnels à la maison de la Colonia Educación pour lui rapporter des vêtements, des magazines et son répertoire téléphonique.

À vrai dire, je n'espérais pas que nous nous répartirions le poids des gardes avec Mariana. Je pensais qu'elle viendrait le voir aux heures normales de visite, parfois avec Katia, parfois seule, et qu'elle guetterait son téléphone portable pour m'aider à organiser les obsèques le jour venu. Mais, dès le premier soir, elle arriva, avec un sac à dos, une brosse à dents et des vêtements de rechange, et me dit que nous pouvions nous relayer, qu'elle avait prévenu son employeur qu'elle aurait des absences, et que je pouvais rentrer chez moi. Je ne suis pas parti. Ce jour-là, nous sommes restés ensemble et descendus plusieurs fois, le matin, à la cafétéria de l'hôpital, où notre antagonisme fraternel reprit du poil de la bête. Nous parlions de tout sauf de Teresa. Contrairement à moi, Mariana préférait ne pas aborder les sujets délicats.

Pendant les trois mois suivants, cet hôpital devint le salon de mon appartement et cette cafétéria mon bureau. La couverture santé de mon père était suffisante pour qu'il ait droit à une chambre individuelle et que personne ne le presse de libérer son lit (et le renvoie chez lui si son état s'améliorait un tant soit peu, ou dans l'inframonde quand la douleur serait insupportable). Mon père se consuma peu à peu dans ce lit, tandis que Mariana et moi vieillissions un peu plus dans le fauteuil près du lit, ou dans les couloirs de l'hôpital quand l'insomnie plantait ses crocs dans notre dos.

En quelques heures, mon père devint dépendant de la morphine. Ce fut une idylle tellement subite que je m'étonnais qu'il n'ait pas développé une telle addiction avant – au-delà de sa traditionnelle tequila avant le repas et le valium le soir, les dernières années. Les médecins faisaient leur possible pour diminuer les doses, en argumentant d'abord qu'il risquait une surdose, puis, quand ils virent que l'argument ne tenait pas dans ces circonstances, que la mutuelle de mon père n'allait pas vouloir payer ces quantités énormes d'opiacés.

Mon père eut une réaction d'orgueil, comme chaque fois que la vie tentait de lui interdire quelque chose : il me chargea de récupérer une liasse de billets qu'il gardait dans la maison de la Colonia Educación et de soudoyer “cet enfoiré de chef des infirmières”, ou que j'aille acheter de la morphine dans une pharmacie. Je lui expliquai qu'il nous fallait pour cela une ordonnance du médecin responsable et il passa les deux jours suivants à tarabuster l'imberbe toubib en lui disant qu'il avait besoin d'une ordonnance parce que la morphine de l'hôpital lui coûtait les yeux de la tête. Le médecin finit par céder et je pus aller acheter de la morphine sous deux formes : l'une injectable, l'autre en comprimés (au cas où) pour que mon père puisse s'adonner à sa guise et à son caprice, à ce dernier plaisir que lui concédait la vie.

Je pense parfois que, sans la morphine, mon père serait mort en quelques semaines. Mais il survécut trois mois, flottant dans un nuage de plus en plus haut et dense en opiacés, jusqu'à ce que la distinction entre le sommeil et la mort devienne superflue. Alors seulement il osa se laisser mourir complètement.

Deux ans plus tard, je mène une existence semblable à la sienne pendant ces mois-là, confinée dans l'espace d'un lit. Là, emmêlé dans mes draps poisseux, accompagné seulement de ces notes – de ces cahiers que je griffonne pour me sauver, de ces mots que je faufile à la recherche d'un sens –, je peux comprendre le plaisir infini qu'a dû éprouver mon père en découvrant, après une vie entière consacrée au travail, le doux miel de l'immobilité.

Un après-midi à l'hôpital, en attendant l'arrivée du docteur qui devait faire son examen quotidien, j'ai demandé à mon père pourquoi il avait continué à aller au bureau pendant des mois alors qu'il se sentait malade et fatigué, qu'on avait trouvé du sang dans ses selles et qu'il avait commencé à se déplacer en taxi parce que conduire lui donnait des vertiges : pourquoi n'avait-il pas consulté plus tôt un médecin, et pourquoi ne m'avait-il pas téléphoné pour me dire qu'il se sentait mal, qu'il avait des symptômes et me demander de l'accompagner à l'hôpital ? "Je ne sais pas, il a répondu gêné, j'avais beaucoup de dossiers en attente au bureau." J'imagine que lorsque enfin il s'est décidé à voir un docteur, quelqu'un l'a aussitôt remplacé à la banque et s'est occupé de ces dossiers soi-disant urgents.

Quelques collègues sont venus lui rendre visite à l'hôpital pendant que nous attendions sa mort, mais ils ne semblaient pas être très proches de lui. Ils lui racontaient des anecdotes insipides qu'ils croyaient drôles, lui transmettaient le bonjour des secrétaires, lui apportaient des fleurs qui resteraient peut-être plus longtemps fraîches que son propre corps, puis repartaient en laissant dans la chambre des relents d'after-shave, de tequila et de blanchisserie.

À cinquante-neuf ans, mon père n'avait, semblait-il, jamais eu d'ami intime, jamais noué de lien étroit qui, dans ces moments ultimes, l'aurait aidé à avaler la pilule de la vérité, ou simplement accompagné. Jusque-là, cet isolement de mon père m'avait toujours paru naturel, commun à tous les hommes d'un certain âge, et qu'on ne pouvait attribuer à sa façon d'être. Je n'avais moi-même aucun ami que j'aurais aimé voir près de mon lit à mes derniers instants. En observant le visage heureux et relaxé de mon père après l'administration de morphine – son front enfin détendu, le rictus plaintif de sa bouche enfin effacé –, je compris que cette absence d'amis tenait plutôt à lui, à un défaut de caractère relevant d'un trouble plus profond, une tare fondamentale dont, selon tous les indices, j'avais hérité.

9

Pendant que mes vêtements séchaient au soleil dans le petit patio couleur d'argile, la télé était allumée et Mariconchi m'a dit que je pouvais regarder ce que je voulais pendant qu'elle préparait des *quesadillas*. "Tu dois être mort de faim, mon chéri." Je lui demandai si elle avait réussi à joindre mon père ou ma sœur, et elle répondit que oui avant de disparaître dans la cuisine, d'où elle me cria, comme pour éviter le contact visuel : "Ton papa arrive dans l'après-midi. Je vais t'emmener à l'aéroport pour que tu repartes avec lui tout de suite."

L'image de la télé était mauvaise sur toutes les chaînes sauf une, qui diffusait un feuilleton. Je déplaçai l'antenne portative inutilement et je finis par éteindre l'appareil. Sur la petite table du téléphone, d'où Marconchi avait probablement appelé mon père, je trouvai un carnet aux pages quadrillées détachables servant à écrire des messages. J'arrachai une page et m'apprêtai à faire de l'origami sur la nappe à motifs floraux de la table de la salle à manger, mais j'aurais préféré une surface plus dure pour mieux faire les plis. Je ne connaissais de mémoire que les pliures élémentaires : pour réaliser n'importe quel animal, j'aurais eu besoin de mon manuel d'instructions. Mais plier des papiers par la moitié me calmait, même sans but défini.

Ma grande aventure allait se terminer et j'avais échoué. Pendant les quinze dernières heures je m'étais rapproché du Rat, une des célébrités de la Colonia Educación, j'avais fumé ma première cigarette et franchi pour la première fois le seuil du territoire interdit en m'aventurant au-delà de Taxqueña et de Miramontes sans la surveillance d'un adulte responsable, j'avais pris un autobus tout seul, affronté un militaire sournois, et j'étais maintenant sur une autre planète, Villahermosa, où je tentais de faire de l'origami pendant que ma mère adoptive imaginaire me préparait des *quesadillas*. Mais toutes ces péripéties ne me servaient à rien : je n'étais pas arrivé au Chiapas, je n'avais pas trouvé Teresa, je ne m'étais pas immolé pour elle dans la révolution naissante. Et maintenant mon père avait un bon prétexte pour me punir à vie : je ne reverrais pas la lumière du soleil et je n'irais plus chez Guillermo après l'école.

On allait peut-être même me changer d'établissement scolaire et, au lieu de revenir à la Paideia en septembre, je risquais d'être envoyé dans une école militaire, comme j'avais entendu dire que c'était le sort réservé aux enfants turbulents. Dans cette école militaire tous mes professeurs seraient forcément, comme le soldat adolescent du contrôle routier, plus enclins à m'humilier et à me toucher les jambes qu'à m'apprendre la multiplication des décimales ou l'histoire de la Révolution mexicaine. Mes livres de la série *Choisis ta propre aventure*, mes papiers pour l'origami et même ma Capsule à luminosité zéro seraient confisqués, et je serais obligé de dormir au pied du lit de mon père, comme un chien, et de regarder avec lui des rediffusions de matchs de la sélection mexicaine jusqu'au Mondial de France 98.

En réalité, l'échec de mon aventure ne devait pas se mesurer à l'aune de la punition qu'on allait m'infliger. Ne pas être arrivé au Chiapas, ne pas avoir retrouvé ma mère, ne pas être devenu un héros aux yeux de mon père, de ma sœur et de ses copines était la véritable mesure de mon échec. La réalité était trop grande pour moi, le monde plus obscur et plus vaste que je ne l'avais imaginé à Taxqueña, malgré l'existence de personnages aimables comme Mariconchi ou, sur un mode différent, le Rat. Mon échec tenait à ce que j'avais cru, avec arrogance et aveuglement, que grandir signifiait triompher de l'adversité en lui opposant de grands projets.

Nous avons mangé en silence les *quesadillas* – que Mariconchi avait assaisonnées avec une sauce de *chile habanero*, pour se venger, je suppose, de la situation où je l'avais mise. J'étais encore surexcité par tout ce qui s'était passé, mais la fatigue commençait à me gagner.

Après avoir mangé, j'ai somnolé dans le fauteuil pendant que Mariconchi regardait son feuilleton. Je n'avais pas l'impression de me reposer. Chaque fois que j'entrais dans le monde des rêves, quelque chose me secouait : une image, une sensation de chute, ou la crainte de rater quelque chose d'important. Au bout de quelques heures, Mariconchi me toucha l'épaule et me dit que je pouvais remettre mon pantalon (le soleil exagéré de Tabasco l'avait laissé non seulement complètement sec, mais aussi plus clair, il me sembla). Nous allions partir dans quelques minutes à l'aéroport.

III

1

Mes cahiers de CM1 – j'en garde encore un ou deux, avec d'autres papiers de mon enfance, dans une boîte en carton sous le lit – devaient être couverts d'un papier brillant rouge et porter mon nom et celui de ma classe. Bien sûr, mon père et moi avions oublié ce détail jusqu'au dernier moment, le dimanche à 7 heures du soir, et nous avons eu beau passer en voiture devant toutes les papeteries du sud de Mexico, ce que nous avons trouvé de mieux fut un rouleau de papier présenté comme "rouge pêche" qui, aux yeux de n'importe quel enfant était, sans le moindre doute, rose. Après trois tentatives avortées de couvrir un cahier, mon père toqua à la porte de la chambre de Mariana et la chargea de cette tâche, en lui promettant de l'emmener au Tower Records de la Zona Rosa pour qu'elle s'achète un disque le week-end suivant. Mariana couvrit mes cahiers de rose tandis que je prévoyais les terribles conséquences que cette stupide nuance de couleur risquait d'avoir dans ma vie quotidienne.

Ma première découverte tragique de l'année scolaire fut mon transfert dans le groupe B de CM1 parce que mon père, accablé par la disparition de Teresa et ma fugue, avait réglé ma réinscription trop tard, alors que mon groupe habituel était déjà complet. Cela signifiait que je ne pourrais plus m'asseoir à côté de Guillermo et que, malgré mes cinq années à la Paideia, j'allais être forcé de me faire de nouveaux amis, comme si je venais d'entrer à l'école. J'aurais la possibilité de voir mes ex-camarades pendant la récréation, mais rien ne serait pareil si je perdais les anecdotes de la classe qui alimentaient la vie de groupe.

Les premiers jours, je me sentis désorienté. Je n'arrivais pas à me défaire de la sensation d'irréalité qui s'était emparée de moi depuis le voyage à Villahermosa. Par la faute, je suppose, d'une amie de Mariana qui avait cessé de l'être, la rumeur courut à l'école que notre mère avait rallié le soulèvement zapatiste. Les racontars qui dépeignaient ma mère comme une terroriste internationale, une héroïne clandestine et une fieffée menteuse se répandaient dans la cour et les groupes d'enfants qui attendaient leurs parents à la sortie. Les versions les plus exagérées de la légende attribuaient des morts à Teresa et faisaient d'elle le chef d'une armée d'insurgés.

Peu avant la rentrée des classes, les élections présidentielles avaient eu lieu et une espèce d'hystérie collective s'était emparée des enfants, qui se déclaraient partisan de tel ou tel parti, célébraient ou déploraient la victoire de Zedillo. Dans une école active et de la classe moyenne comme l'école Paideia, la plupart des élèves répétaient tout bonnement les opinions sociales-démocrates des parents et des professeurs. C'est ainsi que s'imposa la théorie selon laquelle la défaite de la gauche était due aux zapatistes, qui n'avaient pas appelé à voter pour Cárdenas et avaient détourné l'attention en "faisant leur petit cirque dans la jungle", comme l'avait déclaré le professeur d'instruction civique en parlant de cette Convention nationale démocratique qui avait si intensément séduit l'imagination politique de Teresa.

Au début, aucun de mes nouveaux camarades de classe n'eut le courage de m'interroger directement sur ma mère, mais les allusions voilées et les ricanements – lourds d'humiliation et de ragots – furent suffisamment éloquents pour me faire comprendre que ma vie sociale était foutue pour un bon moment. Et pour couronner le tout, mon meilleur copain des années précédentes, l'irremplaçable Guillermo, jugea qu'il était nuisible à son image de continuer à m'être associé.

“T’es cassé”, en jargon scolaire, était une formule magique qu’on prononçait en faisant le geste symbolique d’unir le pouce et l’index puis de les séparer théâtralement devant un autre enfant; à partir de ce moment les relations diplomatiques étaient considérées comme rompues et ne pouvaient être rétablies, par accord mutuel, que par un autre geste symbolique appelé “recollé”. Guillermo me fit un “t’es cassé” la première semaine de classe pendant une récréation et, comme si j’étais devenu un pays isolé soumis à un embargo international, les sanctions appliquées par d’autres élèves, anciens compagnons de jeux, se succédèrent les jours suivants. Cette habile manœuvre hissa Guillermo sur le podium de la popularité, reconnu comme le leader incontesté des deux groupes de CM1 et me reléguant à la marginalité des parias, avec Rodolfo Casillas, le fils du concierge (discriminé pour des questions de classe sociale), et Viridiana Lombardo, une fille de Guadalajara récemment installée dans la capitale, dont l’accent et les expressions en faisaient une cible facile. Autrement dit, le fouet de l’orthodoxie infantile s’abattit sur les différents, comme d’habitude, et ma condition de “fils de guérillera”, ainsi qu’on commença à me désigner, me plaça du côté des opprimés.

Ce qui me faisait le plus mal dans le fait de ne pas avoir d’amis était de ne pouvoir raconter à personne ce que j’avais vécu pendant les vacances. Réfugié dans ma Capsule à luminosité zéro, j’avais inventé une version de l’aventure (en omettant l’épisode de l’abandon du caleçon dans des toilettes répugnantes) qui, selon mes calculs, pouvait impressionner le plus cynique et le plus rude des élèves de CM2.

Maintenant, je déambulais dans la cour de récréation, en désirant de toutes mes forces que quelqu’un me demande ce que j’avais fait pendant ces mois d’été pour pouvoir m’en vanter. Mais non seulement personne ne posait de questions sur mes vacances, mais lorsque je tentai de sympathiser avec Rodolfo Casillas et d'évoquer timidement le sujet, il se mit à me raconter que pendant ses vacances il avait aidé son grand-père à fabriquer un meuble, puis il s'éloigna avant que je puisse placer un mot.

En classe les choses n'allaient guère mieux. J'avais été jusque-là un élève non pas exemplaire mais sérieux. Je compensais mon inaptitude pour les mathématiques par de longues heures d'étude à la maison, sous le regard froid de Teresa, et par de très bonnes notes en histoire et en espagnol. Privé de la proximité de ma mère pour m'obliger à faire mes devoirs et affligé ne pas avoir d'amis, ma capacité de concentration diminua considérablement et lors de l'évaluation de niveau qu'on nous fit passer au début de la classe, je faillis être recalé. En conséquence, mon père m'interdit de sortir l'après-midi, de sorte que mon espoir de rencontrer le Rat et de lui raconter la fin de mon odyssée fut déçu.

Dans cette pénible situation, condamné à rester enfermé dans ma chambre et sans courage pour entreprendre de nouvelles recherches sur le lieu et les activités de Teresa, je tentai de revenir à l'origami.

Mais cela m'ennuya rapidement. Non seulement les figures animales en papier restaient méconnaissables malgré mes efforts, mais l'activité même de plier des papiers par le milieu avait perdu tout sens. L'origami m'apparut comme un caprice infantile qui m'avait fasciné dans un passé très lointain. Comment était-il possible d'avoir consacré tant d'heures à un passe-temps aussi stupide ? me demandais-je, en colère contre moi-même, ou cette version de moi-même qui avait cessé d'exister quelque part entre Taxqueña et Villahermosa.

En réaction peut-être à mon époque origami, comme une séquelle de l'exercice de pliage des feuilles d'arbustes pour en extraire le pétiole, je commençais à concevoir une vision du monde fondée sur les différences entre les hémisphères. Il me semblait que tout ce que je faisais avec la main gauche avait une signification autre, quasi magique. La droite, réservée aux choses pratiques de la vie (comme faire mes devoirs) était une main ordinaire, tandis que la gauche me semblait investie d'une dignité supérieure. L'expression "se lever du pied gauche" me paraissait fallacieuse, un mensonge inventé par une société vouée à la production et à la consommation : tout ce qui commençait du pied gauche était lié à la spiritualité, et même au sacré.

Plier des feuilles par la nervure principale ou faire des pagodes d'origami étaient des activités impossibles et trompeuses précisément pour cette raison : les hémisphères de la réalité n'étaient pas, comme dans la perspective cartésienne, équivalents ni neutres, mais chargés d'attributs et d'acceptions occultes.

Il est probable que je n'étais pas le seul à avoir cette idée. Ces années-là, les théories sur la latéralisation des fonctions cérébrales avaient déjà largement imprégnées la culture populaire, et j'avais sans doute vu à la télévision quelque reportage sur le fonctionnement du cerveau, qui avait stimulé mon imagination. Je me rappelle bien avoir utilisé en classe le mot "hémisphère" avec une fréquence inutile, ce qui m'avait valu la réputation de m'as-tu-vu, creusant un peu plus le fossé de haine qui me séparait de mes condisciples. J'imagine que j'avais appris le terme dans l'émission de télé qui m'avait inspiré les bases de ma cosmogonie rudimentaire.

Le fait est que je commençais à prendre conscience de mes décisions à tout moment. À l'école, je tentai d'écrire de la main gauche un exercice sur les substantifs concrets et les substantifs abstraits pour le cours d'espagnol. Le résultat fut désastreux : des gribouillis à peine compréhensibles, qui ressemblaient à des araignées écrasées sur la page. L'expérience me valut une vigoureuse réprimande de la maîtresse, qui pensa que je me moquais d'elle, et plus tard une pénible conversation avec le psychologue de l'école, qui s'échina pendant une heure à me suggérer que j'avais peut-être rédigé l'exercice avec l'écriture que j'avais à six ans parce que je voulais revenir à ce moment de ma vie. Je gardai le silence sans démentir ni confirmer son hypothèse, soupçonnant qu'il était beaucoup plus dangereux d'expliquer mon idée de la supériorité de l'hémisphère gauche.

Je poursuivis mes expériences en cours d'éducation physique : je m'élançais du pied gauche dans l'épreuve du cent mètres, je faisais de la main gauche les passes au basket et demandais au professeur de me placer du côté gauche pendant un match de football. Comme j'avais toujours été très mauvais en sport, personne ne remarqua que j'étais devenu pire en tout, et mon entraînement spirituel, associé à l'hémisphère gauche, s'en trouva énormément bénéficiaire.

Je commençai à me trouver à l'étroit dans la Capsule à luminosité zéro, comme si dans l'avion de retour de Villahermosa j'avais soudainement grandi de plusieurs centimètres. Lorsque je m'y enfermais, j'avais mal au dos au bout d'une heure, de sorte que je cessai peu à peu de m'en servir.

Je me souviens nettement de la dernière fois où je suis entré dans la capsule. Je méditais sur la nécessité de développer le biceps de mon bras gauche lorsqu'un épisode me revint opportunément en mémoire.

J'avais sept ans et demi lorsqu'un jour mon père fit cimenter le minuscule jardin intérieur de la maison de la Colonia Educación. Parler de jardin était exagéré : c'était tout juste une bande d'herbe desséchée de deux mètres sur cinq. Un fil le traversait d'un bout à l'autre, sur lequel Teresa étendait le linge. Tant que Kurt vivait – la tortue japonaise de ma sœur – ce jardin était son royaume : elle se promenait dans les herbes et le matin mastiquait paisiblement les morceaux de papaye qu'on lui déposait sur un fragment de carrelage.

Je ne sais pas pourquoi mon père avait décidé qu'il fallait cimenter ce petit jardin. Peut-être était-il agacé de voir des insectes entrer dans le salon par la porte coulissante et pensait-il que le ciment ferait disparaître les bestioles, ou encore que le ciment correspondait mieux que l'herbe à l'idée de progrès et de sophistication qui paraissait guider sa vie et ses aspirations. Le fait est qu'il décida de couvrir de ciment ce minuscule réduit sylvestre. Mariana protesta énergiquement et emporta la tortue dans sa chambre, où elle vécut encore deux ans jusqu'à ce qu'un triste matin elle expire après avoir mangé un bout de moquette.

Un maçon aimable et blagueur consacra quatre jours de travail à transformer le jardinet en patio. Quand ce fut terminé et qu'il ne resta plus qu'à attendre que le ciment sèche, Teresa me proposa un jeu qui me parut fantastique : marquer l'empreinte de ma main sur le ciment frais. À côté de ma main elle écrirait la date afin de pouvoir comparer, au fil du temps, la taille de ma main par rapport à l'empreinte. Elle proposa la même chose à Mariana, mais ma sœur déclara que c'était une niaiserie bonne pour les petits et s'enferma dans sa chambre pour jouer avec Kurt, l'exilé.

Les premiers mois j'ai comparé la taille de ma main avec l'empreinte du ciment presque tous les jours, pour vérifier si elle n'avait pas grandi pendant la nuit. Mais avec le temps, je m'en désintéressai et l'empreinte de ma main retomba dans l'oubli, seulement foulée par Teresa quand elle étendait le linge humide.

Enfermé à l'étroit dans ma Capsule à luminosité zéro, je me souvins aussi que pendant les travaux du maçon mon père parlait du ciment du patio comme du *concret**.

---

* *Concreto*, en espagnol : américanisme, de l'anglais *concrete* : béton et, dans un sens figuré, qui se rapporte à la réalité considérée dans sa totalité. (*NdT*)

“Comment se présente le *concret*, maestro ?” demandait-il toutes les heures, avec une insistance lassante, à quoi le maçon répondait par monosyllabes nonchalants.

À sept ans et demi, j’avais une connaissance très imprécise du mot *concret*, mais à dix ans j’étais déjà en mesure de comprendre la différence entre substantifs concrets et substantifs abstraits, aussi me parut-il tangible que ma main, en *concret*, était une pièce fondamentale de ma théorie des hémisphères. Si cette empreinte dans le *concret* était celle de ma main droite – comme je croyais me rappeler –, alors il était évident qu’à cet hémisphère correspondait la maîtrise des choses *concrètes* du monde.

Je sortis de la Capsule à luminosité zéro exalté par la complexité de ma philosophie et j’enlevai les coussins et l’écriteau à l’intérieur du placard : la capsule n’était plus nécessaire, elle avait accompli une fonction dans ma vie et le moment était venu de l’abandonner.

Je descendis en courant jusqu’au patio en ciment et comparai ma paume à l’empreinte ancienne. C’était en effet l’empreinte de ma main droite, et elle était à présent trop petite.

À partir de cette découverte, mes obsessions sur le côté gauche et droit s’imprégnèrent d’une connotation mystique. Je me confectionnai un bandeau avec un vieux T-shirt et pris l’habitude de me couvrir l’œil gauche quand j’étais à l’école, comme si je réservais son usage à des affaires de plus grande importance. Je dois dire que ce genre de comportement non seulement contribua à me marginaliser un peu plus, mais déclencha l’alarme de tout le personnel enseignant de l’école Paideia et que l’on m’imposa de consulter un psychologue une fois par semaine, le vendredi, tandis que les autres élèves jouaient dans la cour de récréation.

Pendant ces premières semaines de classe, il m’arriva aussi de pisser au lit une ou deux fois. Cette défaillance, que j'associais à l'épisode du contrôle militaire sur la route de Villahermosa, me remplissait de honte. Pourquoi, maintenant que j'avais grandi – ma main droite, beaucoup plus grande que l'empreinte dans le ciment, le confirmait –, maintenant que j'avais cessé de jouer à l'origami et que je ne craignais plus le Voleur d'enfants, pourquoi je recommençais à pisser au lit comme un enfant de trois ans ? Le conflit intérieur que déclenchaient ces épisodes était tel que je tentais de les dissimuler coûte que coûte : je plaçais plusieurs T-shirts dans le pantalon de pyjama pour que, le cas échéant, l'urine ne transperce pas le vêtement et me trahisse en tachant le matelas. Le matin, je me mettais sous la douche avec les T-shirts compissés, que je frottais sous le jet d'eau chaude, avant de les cacher sous mon lit, si bien qu'ils tardaient longtemps à sécher et dégageaient une odeur d'humidité pendant des jours.

2

Très jeune j'avais l'idée que la mort de mon père ne serait pas un événement particulièrement traumatique ni déprimant. Ayant survécu à la mort de Teresa, je me représentais la disparition de mon père comme un fait inévitable, un peu triste sans doute, mais non pas susceptible de changer ma vie de manière radicale et irréversible. J'aurais adoré avoir raison sur ce point.

Certaines nuits, à l'hôpital, quand j'étais seul au chevet de mon père, j'allais dans une salle d'attente où je m'asseyais pour lire. Je lisais parfois jusqu'à l'aube, puis je revenais dans la chambre et je m'installais dans le fauteuil inconfortable et somnolais jusqu'à ce que l'infirmière vienne faire l'examen matinal de rigueur et aider mon père à se laver et aller aux toilettes.

Trop fatigué pour lire des ouvrages épais ou exigeants, je relisais des titres qui avaient marqué mon enfance. Bien sûr, je n'aurais pas eu la patience de feuilleter les romans de la série *Choisis ta propre aventure* (outre que je n'aurais pas su les trouver), mais j'éprouvais la curiosité de revenir à d'autres livres, plus intemporels, qui m'avaient servi, à un moment ou un autre, à oublier le mépris systématique que mes camarades de classe m'avaient témoigné les deux premières années.

Ainsi, sous la lumière blafarde de la salle d'attente, j'ai relu *L'Appel de la forêt* de Jack London, *L'Île au trésor* de Stevenson et une partie de *Vingt mille lieues sous les mers*, que j'ai fini par abandonner parce que je n'avais pas la concentration nécessaire. Les yeux me brûlaient tout le temps et le néon était devenu insupportable. J'ai essayé aussi d'écouter de la musique et des émissions de radio avec des écouteurs. J'ai tenté de faire des solitaires et de m'intéresser aux jeux les plus débiles de mon téléphone portable, mais tôt ou tard je laissais tomber, désespéré, et je passais le reste de la nuit sans rien faire, en regardant fixement un coin de la salle d'attente.

C'est dans cet état d'apathie et d'inaction que m'a trouvé une infirmière, le matin du 6 mai 2015, lorsqu'elle est venue m'informer que le rythme cardiaque de mon père avait dramatiquement diminué et que le médecin de garde s'occupait de lui.

En me dirigeant vers la chambre, je me suis arrêté en me voyant de biais dans une vitrine d'extincteur. Mon visage, traversé par les mots “À briser en cas d'urgence”, me parut soudain très ressemblant à celui de mon père. Mêmes poches sous les yeux, même front amplement dégagé, même nez tordu et proéminent. Je ne me suis attardé que quatre ou cinq secondes, mais j'ai eu alors la certitude de me voir comme me voyaient les autres.

J'avais passé des années à scruter le miroir à la recherche des traits de Teresa. À l'adolescence, j'avais guetté avec espoir les changements de mon visage, en souhaitant de toutes mes forces que ma mère se manifeste d'une manière ou d'une autre, qu'elle revienne dans ma vie par la voie indirecte de l'ADN. L'idée que je me faisais de mon propre visage était conditionnée par ce regard dans l'expectative, par ce désir d'incarner Teresa. Mais en marchant vers la mort de mon père – et vers ma propre mort –, j'eus la vision fugace de mon visage dans toute sa laideur objective, dans toute sa tristesse. Il n'y avait rien de Teresa dans ce visage, ni rien ou presque de moi-même : c'était le visage de mon père, plaqué sur le mien comme dans un mauvais film de science-fiction. Quoi que je fasse, il allait rester, respirant par ma respiration, marchant par mes pas. S'il y avait encore quelque chose à attendre de l'avenir, c'était que mon visage finirait par ressembler de plus en plus au sien jusqu'à ce qu'un jour, dans une chambre d'hôpital, mon visage de moribond soit enfin son visage moribond et que sa douleur soit finalement la mienne. Alors, toutes les heures que j'avais passées à le nier se matérialiseraient dans mon ventre, m'entraînant de leur poids vers le centre de la terre, m'entraînant de leur poids vers la tombe.

3

Un jour, à la fin du repas, le téléphone sonna. Mariana courut répondre dans sa chambre et fut déçue en constatant que l'appel était pour moi. Je répondis dans le salon.

C'était Guillermo. Sa fête d'anniversaire aurait lieu la semaine suivante et il voulait m'inviter. Sa voix me parut empruntée et je perçus des murmures dans le fond. J'en déduisis que sa mère l'avait obligé à m'appeler pour m'inviter à la fête. Je lui dis que je viendrais et raccrochai.

Ce soir-là, couché dans l'obscurité de ma chambre – qui n'était pas aussi totale que dans ma Capsule à luminosité zéro –, je réfléchissais aux motifs qui avaient poussé la mère de Guillermo à le forcer de m'appeler. La nouvelle de la disparition de Teresa était probablement venue aux oreilles des adultes. Le psychologue de l'école s'obstinait à me faire parler sur ce sujet, tout en n'osant pas me poser directement des questions. Peut-être que les parents de Guillermo (qui connaissaient un peu Teresa par mon amitié avec leur fils) avaient-ils l'intention de m'interroger pendant la fête. Peut-être étaient-ils en contact avec la police et cherchaient-ils à me soutirer des informations pour arrêter ma mère. Ou peut-être encore – et c'était le plus plausible – avaient-ils de la peine pour moi, non seulement parce que ma mère était partie faire la révolution dans les montagnes du Sud-Est mexicain, d'après les ragots, mais parce que Guillermo s'était mis à me détester du jour au lendemain.

J'essayai de ne pas me faire d'illusions sur cette fête. Mon ami persistait à ne pas m'adresser la parole pendant la récréation, tout comme son petit cercle. Non seulement ils ne m'adressaient pas la parole, mais il y avait quelque chose de hautain et de provocateur dans leur façon de m'ignorer. Ils s'ingéniaient à passer près de moi pour exhiber leur camaraderie et rendre ainsi mon exclusion plus flagrante. Ils souriaient avec méchanceté, ou chuchotaient lorsqu'une des brutes de l'école me donnait une tape sonore sur la tête pendant le salut au drapeau, ou me poussait dans l'escalier quand nous montions en classe, courbés sous le poids de nos sacs à dos.

Mais malgré tous ces signaux négatifs, une lueur d'espoir brillait tout au fond de moi-même : peut-être qu'à cette fête, loin de l'ambiance scolaire, leurs cœurs allaient s'attendrir et ils me réintégreraient dans le groupe.

Pourtant je n'éprouvais pas le besoin d'appartenir à tout prix au groupe : en dehors des anecdotes qui me liaient à Guillermo, je ne me sentais pas spécialement attiré par cette bande. Mais j'avais besoin de respirer. L'école avait toujours été un havre de normalité, préservé des conflits familiaux – des disputes de mon père avec Mariana, de l'humeur sombre de Teresa après la lecture d'un article dans le journal qui provoquait de nouvelles tensions domestiques. Une des conséquences imprévues et désagréables du départ de Teresa était que cette séparation entre l'école et la maison s'était effacée : les conflits familiaux et ceux de l'école étaient maintenant liés, comme si deux mondes étaient brusquement entrés en collision, dévastant les deux planètes.

Le samedi à midi, mon père m'emmena à la fête chez Guillermo. En chemin, je dus le convaincre de s'arrêter pour trouver un cadeau. Après l'avoir supplié quelques minutes, j'obtins qu'il accepte d'acheter une cartouche de Super Nintendo qui venait de sortir. Teresa nous avait toujours interdit les jeux vidéo, mais c'était un secret de polichinelle que lorsque j'allais chez Guillermo je passais trois ou quatre heures collé à l'écran – mon ami était partagé entre le désespoir et le plaisir de pouvoir m'humilier sans trêve tout l'après-midi –, tandis que l'employée de maison nous ravitaillait en sandwichs, biscuits et diverses cochonneries que je n'avais jamais vues en vente dans aucune boutique de mon quartier.

Un jeu de Super Nintendo était un cadeau d'une générosité frôlant l'absurde : en général les enfants offraient des figurines ou des jouets de pacotille qui étaient cassés à la fin de la fête. Mais je ne pouvais pas me le permettre : je devais acheter l'amitié de Guillermo, mon accès à ce club de gamins populaires, leur silence et leur pardon pour l'affaire de ma mère guérillera.

La maison de Guillermo était beaucoup plus grande que la nôtre, située dans un quartier surveillé par des gardes privés. J'y étais resté dormir plusieurs fois au cours des deux dernières années, mais son faste m'impressionnait encore. La Tsuru dorée de mon père paraissait une intruse dans ces rues habituées à des voitures beaucoup plus luxueuses. Mon père s'en rendait compte : il conduisait plus lentement qu'à l'accoutumée, franchissant les ralentisseurs avec prudence, comme s'il craignait de les endommager et qu'on les lui fasse payer. Quelqu'un qui nous aurait vus depuis le trottoir aurait pu penser que la voiture même était consciente de son infériorité.

La mère de Guillermo m'accueillit avec une affection excessive qui me parut hautement suspecte. Mon père, inhibé par la supériorité financière des hôtes, accepta un verre d'eau qu'il but debout, visiblement mal à l'aise, avant d'expliquer qu'il avait des courses à faire et de s'éclipser à la hâte. La mère de Guillermo me donna un verre de soda et me dit que je pouvais déposer mon petit cadeau sur la table, avec les autres, mais je me débrouillai pour l'emporter dans le jardin, où couraient et criaient déjà des invités. Mon idée était que Guillermo ouvre le cadeau devant tous et que, séduits par ma générosité, ils m'intègrent aussitôt à leurs jeux.

À mesure que je m'approchais du groupe de cinq gamins qui jouaient dans le jardin, loin du regard protecteur de la mère de Guillermo, je compris que j'avais commis une erreur. Le cadeau, enveloppé dans un papier excessivement enfantin, me parut soudain ridicule et je regrettai de ne pas l'avoir posé sur la table, comme les autres. Guillermo sembla surpris de me voir, peut-être avait-il espéré que, malgré son appel, je n'aurais pas perdu mon bon sens et qu'en fin de compte je ne serais pas venu à la fête. Mais après un instant d'hésitation, il parut comprendre les possibilités que ma présence lui offrait pour conforter sa position de leader de son groupe.

"Qu'est-ce que tu fais là? Les filles doivent rester à la maison, on ne te l'a pas dit?" Ces paroles me firent mal, mais je les trouvai ridicules: il n'y avait aucune fille à sa fête.

L'accueil annonçait une journée difficile.

Mon ancien ami m'arracha le cadeau des mains et déchira le papier d'emballage sans le moindre effort. Les autres gamins observaient la scène d'un air d'attente malveillante. Je fus indigné de reconnaître parmi eux certains élèves populaires et bêtes dont Guillermo et moi nous moquions ouvertement avant ces fatidiques vacances d'été. Sa transformation était plus accusée que je ne l'avais imaginée: non seulement il m'avait tourné le dos, mais il l'avait aussi tourné à celui qu'il était à peine quelques mois plus tôt.

Il déclara avec mépris qu'il avait déjà ce jeu de Super Nintendo et jeta la cartouche vers les arbustes. Cette partie du jardin était très arborée, avec des bananiers aux grandes feuilles et des plants de caféier qui créaient une espèce de forêt. "Maintenant, tire-toi", dit-il et il me poussa des deux mains, manquant de me faire perdre l'équilibre. "Quoi, tu vas dire à ta pute de mère de venir nous tuer?"

Cette nouvelle provocation me fit encore plus mal que les précédentes, pas à cause de l'insinuation que

Teresa était une pute – une insulte émoussée par son emploi quotidien à l'école et dans le quartier –, mais de l'idée qu'elle était une tueuse; une telle accusation dans la bouche de Guillermo me parut pour la première fois grave et révoltante. Je n'avais jusque-là jamais envisagé la possibilité que Teresa ait pu tuer quelqu'un. Même si elle avait rejoint les rangs des rebelles en passe-montagne, même si elle vivait dans un campement au milieu d'une guerre, j'étais incapable de l'imaginer tirant au fusil ou posant des bombes. Sa violence était d'un autre type: elle consistait à dire les choses de manière tranchante, sans détour, en vous regardant dans les yeux. Accuser ma mère d'être une tueuse était un mensonge intolérable et la seule réponse possible était de détruire celui qui l'avait proféré.

Je bénéficiai du facteur surprise: Guillermo ne s'attendait pas à ce que j'en vienne aux mains. Mais il était plus grand et plus fort que moi. Après lui avoir flanqué un premier coup de poing – qui m'a tordu le poignet –, il eut le dessus en quelques secondes sans grand effort. Avant que je puisse réagir, j'étais déjà par terre à plat ventre, le genou de Guillermo pressé sur mon dos, sa main frottant brutalement mon visage contre l'herbe humide du jardin. Je battais des pieds en essayant, en vain, de me retourner. J'entendis des rires, non de Guillermo mais de ses copains. L'un dit quelque chose que je ne compris pas et les rires redoublèrent. Puis, un autre en T-shirt rouge décida de prendre part à mon humiliation. Il s'approcha et me donna un coup de pied dans la jambe au niveau du genou. "Elle va se faire dessus, la pisseuse", dit-il. Je vis du coin de l'œil qu'il ouvrait sa braguette en faisant signe à Guillermo de s'écarter. Comprenant ses intentions, Guillermo se releva et appuya un pied sur ma nuque pour m'immobiliser.

Je sentis le jet d'urine tomber sur mon pantalon à la hauteur des fesses, éclaboussant un peu mon T-shirt.

Puis le liquide chaud s'infiltra dans mon caleçon, mouillant mon trou de balle et mes testicules contractés. Les autres observaient en rigolant et contribuaient à l'esprit grégaire par des cris de jubilation.

Alors seulement je cessai de me débattre et fermai les yeux, en dégustant la saveur et la texture de la terre sous l'herbe. Je cessai d'entendre les rires. Le silence envahit tout et j'eus un instant l'impression d'être dans ma Capsule à luminosité zéro, loin des bruits et de toutes les lumières du monde.

Lorsque je rouvris les yeux, Guillermo et les autres n'étaient plus là. Les sons revinrent et je parvins à distinguer leurs voix au loin, en train de jouer au football dans un autre endroit de ce vaste jardin. Je sentais mes yeux rougis, comme si j'étais sur le point de pleurer, mais les larmes ne venaient pas. J'avais mal au cou et à la poitrine, à un os au centre de la poitrine que je n'avais jamais senti avant. L'odeur d'urine me rappela ma propre urine, ma propre odeur, ma honte dans les toilettes de la station-service, avant d'arriver à Villahermosa, lorsque j'avais arraché du caleçon l'étiquette portant mon nom. Je me rendis compte que je portais le même pantalon que ce jour-là – celui que Mariconchi avait nettoyé chez elle à Villahermosa pendant que je me lavais –, souillé cette fois d'une urine étrangère.

Je mis la main dans ma poche droite, elle était là, l'étiquette en tissu à mon nom. À cet instant j'aurais tout donné pour être Úlrich González.

La mère de Guillermo ne me demanda pas ce qui s'était passé. Elle parut dégoûtée de me voir, puant la pisse, au milieu de son salon. Elle prenait du café et des biscuits avec une autre femme. Elle s'excusa, me saisit brutalement par le poignet et m'entraîna à l'étage, où elle m'abandonna dans le couloir. “Ne bouge pas de là, tu vas tout salir”, dit-elle, et elle s'enferma dans une pièce. Je l'entendis parler au téléphone avec ma sœur. Mon père n'avait même pas eu le temps de rentrer à la maison. La mère de Guillermo était très nerveuse à l'idée de me garder plus longtemps chez elle et que ses invités me voient dans cet état. Elle disait à ma sœur qu'elle voulait me protéger des autres enfants, qu'ils allaient se moquer de moi s'ils apprenaient ce qu'elle appelait mon "accident". Je n'eus pas le courage de lui dire que son fils et ses amis étaient des fils de pute.

Finalement il fut convenu de me renvoyer chez moi en taxi avec une personne de confiance qui faisait parfois office de chauffeur pour la famille. La mère de Guillermo me prêta un vieux pantalon de son fils et enfouit le mien dans un sac de supermarché que je dus emporter à ma plus grande honte.

Pendant tout le trajet me ramenant chez moi, je regardai par la fenêtre du taxi. Ma colère s'était calmée et il ne me restait plus qu'une profonde tristesse. Mexico me parut plus grise, plus brisée et plus sale que jamais. À un feu rouge un cracheur de feu quémanda de l'argent au chauffeur de taxi qui remonta sa fenêtre sans lui répondre.

4

Il y a quelques années j'ai lu dans une revue scientifique un article sur le fonctionnement de la mémoire. Je n'ai jamais été un grand lecteur de littérature de vulgarisation scientifique, mais les résultats de cette étude m'avaient trotté dans la tête pendant des jours. Le sous-titre était attirant et grandiloquent : "Chaque fois que vous vous souvenez d'un événement, votre cerveau le déforme." Pour arriver à cette conclusion, un groupe de neurologues d'une université anglaise avait mesuré l'intensité des impulsions électriques neuronales de je ne sais combien de personnes.

Les auteurs expliquaient que les souvenirs sur lesquels nous revenons le plus fréquemment sont les plus inexacts, les moins fidèles à la réalité. En repensant à un événement particulier nous nous rappelons souvent l'expérience du souvenir que nous en avons eu et non pas l'expérience originelle de l'événement. Ainsi, chaque fois que nous nous remémorons une scène, celle-ci n'a qu'une relation approximative avec l'expérience vécue. Des détails s'y ajoutent, les couleurs s'intensifient, les interprétations se superposent. Dans cet article, bien sûr, tout cela avait une explication neurologique que j'ai oubliée, n'en conservant que la métaphore.

Se souvenir altère non seulement le souvenir, comme l'affirmaient les neurologues de l'article, mais aussi le sujet qui se souvient – ça, c'est moi qui l'ajoute. Souvenir et sujet s'annihilent mutuellement dans l'exercice de la mémoire, jusqu'à ce que le souvenir soit réinventé et que le sujet se retrouve plus seul qu'avant, car ce qu'il se rappelait n'existe plus : il n'est plus qu'une copie de la copie d'une copie.

Le jour de la mort de mon père s'est perdu, irrécupérable dans un embrouillamini de circuits neuronaux auxquels je ne pourrai jamais accéder. Ce qui me reste de lui est la copie d'une copie qui dit ceci : mon père a perdu connaissance vers une heure du matin. J'ai appelé Mariana pour la prévenir, mais je suis tombé sur le répondeur et j'ai laissé un message. Je me suis assis sur un tabouret près de son lit d'hôpital et j'ai commencé à lui parler. D'abord timidement, craignant d'être entendu par les infirmières ou d'être vu par quelqu'un. Puis je me suis lâché. À trois heures et demie du matin, je lui parlais librement, en observant des pauses de quelques minutes.

Je lui ai parlé surtout du passé. Je lui ai raconté cet épisode où Teresa s'était évanouie au marché et le jour où j'avais donné un coup de pied à un pigeon. Je lui ai raconté qu'à l'âge de dix ans, le Rat m'avait accompagné à la gare routière de Taxqueña, et aussi que je l'avais vu quelques semaines avant en train de parler avec sa fille adolescente pas très loin de l'hôpital où nous étions. Je lui ai raconté les toilettes de la station-service sur la route de Villahermosa, où j'avais jeté mon caleçon, et la douche chez Mariconchi.

J'en ai aussi profité pour lui dire un certain nombre de choses que j'avais sur le cœur depuis très longtemps. Je lui ai reproché sa rigidité mentale, la manière avec laquelle il avait éloigné Mariana de sa vie, ses irrépressibles accès de colère, sa volonté de contrôler tous ceux qui l'entouraient. Je n'avais jamais osé lui faire ces reproches tant qu'il pouvait m'écouter. À la différence de ma sœur, qui s'était opposée frontalement à lui depuis l'âge de quinze ans, j'avais supporté en silence les vexations de mon père. Quand ma patience était à bout, je me disais qu'il avait souffert de la mort de Teresa autant que nous, ou même plus, parce qu'il la connaissait d'avant.

À quatre heures du matin, il a repris conscience fugacement et murmuré, à travers les tubes qui le reliaient encore à la vie, quelque chose que je n'ai pas compris. Ce balbutiement fut ses derniers mots. Je ne sais pourquoi, mais j'ai la conviction que ce n'était rien d'important.

Les quarante minutes suivantes, j'ai cru trois ou quatre fois qu'il était mort et j'ai appelé l'infirmière, qui contrôlait les signes vitaux et faisait non de la tête en me regardant dans les yeux sans compassion ni gravité, comme si elle s'ennuyait. Finalement, à 5 h 17, il a fini par mourir. Quand le décès a été confirmé, j'ai pris un moment sa main froide en guise d'adieu, puis je suis sorti de la chambre derrière le médecin.

Mariana est arrivée un peu avant 6 heures. Je ne sais pas si elle s'est sentie triste d'avoir perdu ce moment. Je suppose que dans le fond elle lui avait dit adieu depuis longtemps.

Ni elle ni moi n'avons pleuré. Nous avions eu plus de temps qu'il n'en fallait pour assimiler, et même souhaiter, la mort de l'homme qui nous avait, dans une large mesure, élevés – contre son gré et contre le nôtre.

Mon père avait pris les dispositions nécessaires pour que sa dépouille soit confiée à une entreprise de pompes funèbres qui offrait des réductions importantes aux employés de la banque. C'était un endroit gris et mal aéré.

Dans un coin de la pièce où nous veillions, une cuvette jaune avec une serpillière sale est restée toute la nuit. À un moment j'ai pensé demander qu'on l'emporte, puis je me suis dit que ça ne changerait rien. Ce qu'ont dû aussi se dire les anciens collègues de mon père et leurs épouses. Son supérieur des dernières années, un homme à peine plus âgé que lui, m'a raconté quelques anecdotes sur mon père, dont tous les autres se souvenaient :

la fois où il avait acheté un gâteau pour sa secrétaire, convaincu, à tort, que c'était son anniversaire ; une autre où il avait fait un calembour avec le nom d'un client sans s'en rendre compte ; ou le jour où ils avaient dû se mettre à plusieurs pour l'empêcher de frapper quelqu'un dans une cantina. C'étaient des anecdotes idiotes, qui le dépeignaient comme un homme simple et acrimonieux, mais sympathique à sa façon.

Mariana a eu du mal à dissimuler son mépris pour ces gens. Elle serrait les mains, souriait un peu, puis sortait fumer une cigarette, accompagnée de Katia ou d'un ami. Pour ma part, je n'avais invité personne, je n'éprouvais pas le besoin d'un soutien moral. Ça m'était égal de passer la veillée en compagnie de cadres de la banque, de responsables de secteur ou de cousines lointaines.

Une semaine plus tard, Mariana et moi nous sommes réunis avec l'avocat, Víctor Garmendia. Garmendia était un des rares amis de mon père qui n'étaient ni de la banque ni du club. Je n'ai jamais compris comment ils s'étaient connus, et le fait est qu'il ne l'a jamais invité à la maison, mais mon père parlait de Garmendia avec une familiarité rare chez lui.

En rencontrant Garmendia pour la première fois, j'eus l'impression que l'estime n'était pas réciproque : il parlait de mon père comme d'un client avec lequel il lui était arrivé de boire une bière, mais pas plus.

Peut-être, après tout, que mon père n'avait aucun ami.

Nous sommes convenus que Garmendia s'occuperait de vendre la maison de la Colonia Educación, moyennant un pourcentage, dès que nous lui donnerions les clés. J'étais chargé de la vider, de vendre ou de donner tout ce qu'il y avait à l'intérieur. Mariana ne voulait rien.

J'avais arrêté mon travail de professeur d'espagnol pour étrangers afin de pouvoir accompagner mon père dans les derniers mois de sa vie. C'était un emploi mal payé, où je devais subir des gringos gâtés et insupportables. Au fond, j'attendais depuis longtemps une occasion propice pour démissionner.

Privé de revenus et chargé de vider la maison de la Colonia Educación, il me sembla que le plus raisonnable était de m'y installer pendant quelques jours, pour ne pas faire tous les matins le trajet depuis mon appartement de l'époque (dans la Colonia Santa María la Ribera).

Avant même d'ouvrir complètement la porte, l'odeur me frappa avec la clarté, l'évidence d'une image. Il était difficile de comprendre que cette maison puisse avoir exactement la même odeur, bien qu'elle soit inhabitée, que mon père soit mort, que Teresa soit morte, que Mariana n'y habite plus depuis des années, et que moi-même j'étais, dans la mesure où le temps permet de telles acrobaties, une personne différente de celle qui avait vécu entre ces murs.

J'ai déposé mon sac dans mon ancienne chambre et contemplé la tâche titanesque qui m'attendait. Tout paraissait au même endroit que lorsque je vivais là. Mon père n'avait presque rien déplacé, comme s'il avait retenu sa respiration pendant des années, redoutant jusqu'à la fin le moindre changement.

J'ai décidé de tout classer en grandes catégories : les choses à vendre, les choses à donner et celles pour lesquelles je préférais consulter Mariana.

J'ai commencé par le salon, où tout était vendable : le canapé aux taches ineffaçables, une encyclopédie du Mexique en 10 volumes, une caisse de films en VHS. La seule chose que mon père avait changée était le téléviseur : avec son immense écran plat flambant neuf, je pouvais en tirer un bon prix.

Après l'inventaire du salon, j'ai poursuivi par la cuisine. J'ai différé jusqu'à un moment de plus grande sérénité spirituelle l'inspection de ma chambre. Celle de mon père serait la dernière, je respirais plus fortement lorsque je voyais depuis le couloir sa pénombre et les rideaux tirés.

La première nuit que j'ai passée dans la maison, j'ai à peine dormi. Mon vieux lit était trop petit et la poussière soulevée dans le salon flottait partout, me causant des réactions allergiques. Debout à la fenêtre de ma chambre, j'ai regardé le jour se lever.

Le deuxième jour de rangement je suis allé manger dans un marché en plein air où, parmi les étals, j'ai vu un vieux pick-up avec un écriteau annonçant: "On achète meubles, vêtements, objets divers." J'y ai vu une possibilité aussi bonne qu'une autre. Je me suis approché du véhicule, mais il n'y avait personne à proximité. J'ai demandé à un marchand de fruits qui m'a dit que "le monsieur qui achète des trucs" allait revenir très vite. Alors je me suis appuyé contre la carrosserie cabossée pour attendre, sous un rayon de soleil.

Au bout de quelques minutes, j'ai senti une main se poser sur mon épaule et, en me tournant, je me suis retrouvé face à face avec le Rat. Le même homme vieilli, avec une calvitie et ses derniers cheveux en queue de cheval que j'avais aperçu quelques semaines avant dans les environs de l'hôpital. Cette fois il était seul, sans l'adolescente avec laquelle il se disputait en pleine rue.

Le Rat n'avait pas l'air étonné de me voir, mais ne semblait pas m'avoir reconnu. "Qu'est-ce que je peux faire pour vous?" me demanda-t-il. Il avait la voix rauque d'un fumeur compulsif de Delicados sans filtre. "Tu ne te rappelles pas de moi? Je suis le frère de Mariana… Rue H, numéro 23." Le Rat a fait un geste vague de la main, comme si le passé lui était égal et que le fait de nous rencontrer deux fois, avant et après la mort de mon père, n'avait aucune espèce d'importance, après vingt ans sans se voir et n'avoir aucune nouvelle, ou presque, l'un de l'autre. “Et qu'est-ce que je peux faire pour toi, frère de Mariana de la Rue H ?” demanda-t-il l'air goguenard, comme pour accentuer son indifférence. J'ai alors renoncé à fraterniser. J'étais peut-être le seul à accorder de l'importance à l'été 1994. Ni Mariana, ni le Rat, ni personne ne semblait vouloir revivre cette histoire. “Mon père est mort et je suis en train de vider sa maison. Il y a beaucoup de choses que je peux te vendre.”

Le Rat ne me présenta pas ses condoléances ni ne montra le moindre signe de sympathie. Il me dit qu'il passerait plus tard pour voir toutes ces choses et savoir si sa camionnette suffirait et de combien de bras il aurait besoin. Il me donna sa carte : “Achat-vente de meubles anciens ‘le Rat’”, sur laquelle était dessiné un rat géant, en lunettes noires, au volant d'un camion de déménagement. Nous nous sommes mis d'accord par une poignée de main, celle du Rat était rugueuse, calleuse, comme en ciment.

De retour à la maison, je me suis acheté deux canettes de bière et un masque en papier pour me protéger de la poussière. En buvant au milieu des caisses en carton qui encombraient le salon, je me suis demandé où le Rat allait emporter tout cela. Il avait probablement un associé qui se chargeait de la revente. J'aimais l'idée qu'il y aurait peut-être un stand à la Lagunilla, ou au marché à la brocante de Portales, avec tous les objets qui avaient meublé la vie de mon père : trophées d'une existence consacrée à l'accumulation d'outils. Quelqu'un s'arrêterait un samedi pour demander le prix d'une clé anglaise, autour de laquelle s'étaleraient, graves et silencieuses, les ruines de mon père, son mausolée de bricoles pillé. Il y avait là une justice poétique dans le fait que ce soit le Rat qui s'en charge. Comme si, malgré sa réticence et son arrogance forcée, il était condamné à m'accompagner, une fois encore, dans ce trajet compliqué pour sortir de la Colonia Educación.

Je ne me considère pas comme une personne particulièrement attachée aux objets. Jeter l'horrible marine à l'huile qui a décoré le couloir de la maison pendant toute mon enfance ne représentait pas pour moi le moindre sacrifice. Avec une égale insouciance j'ai décidé de me débarrasser des appareils électroménagers de la cuisine et de tous les bibelots qui avaient fait partie du paysage de mes premières années. Je pensais que ce serait un processus relativement simple et qu'en quelques jours j'allais me libérer – sans séquelles ni remords – d'un passé qui me pesait depuis très longtemps.

Ce jour-là, j'en terminai avec la cuisine et, d'un même élan, je classai tout ce qu'il y avait dans l'ancienne chambre de Mariana, transformée en débarras. Le Rat passa à la nuit tombée et évalua d'un air professionnel le volume de caisses à emporter. Je lui dis qu'il y avait plus de choses à l'étage, mais il décida que ce n'était pas la peine de monter pour les voir : il s'était déjà fait une idée des moyens dont il avait besoin.

Le lendemain matin, je suis allé chercher d'autres caisses au marché et en deux heures j'ai décidé du sort de tous les objets de ma chambre. J'ai mis de côté de vieux cahiers d'école, deux ou trois livres et quelques CD de mon adolescence. Tout le reste était vendable.

En définitive, tous ces rangements se firent sans incidents jusqu'à ce que je m'occupe de la chambre de mon père : chambre qui avait été aussi celle de Teresa. Il y avait le lit dans lequel ma mère avait dormi jusqu'à ce mardi de juillet ou d'août 1994 ; la table d'angle sur laquelle elle avait très probablement écrit la lettre d'adieu à mon père ; la table de chevet sur laquelle j'avais trouvé cette lettre, sous un ridicule chien de porcelaine.

Cette chambre avait à mes yeux quelque chose d'un musée. C'était comme une de ces maisons ayant appartenu à quelque personnage historique, que l'on préservait intactes pour le ravissement des touristes. Sauf que là, je pouvais devenir le touriste de ma propre histoire. Puisque c'était la chambre de la maison où j'étais le moins entré pendant tout ce temps, elle abritait à mes yeux, avec plus de force qu'aucune autre pièce, le souvenir ou le fantôme de ma mère : je pouvais imaginer Teresa en train de lire, de discuter, de s'habiller dans cette chambre, suspendue dans un temps antérieur à tout comme un hologramme créé par mon deuil et ma fatigue.

5

Le 23 septembre 1994, six jours après l'incident à la fête de Guillermo, mon père nous a dit qu'il devait nous parler. Mariana et moi revenions de l'école et nous avons été surpris de le trouver à la maison à une heure où il était normalement au travail. Il était dépeigné, pas rasé, et portait son pantalon de survêtement du dimanche. Pendant toute la semaine on avait respiré à la maison une atmosphère inhabituellement tendue.

J'imaginais qu'il était contrarié à cause de moi après l'incident de la fête, mais qu'il ne savait pas comment me gronder car la situation était très étrange : un enfant de presque onze ans qui se pisse dessus pendant une fête inspire plus de peine que de colère et mon père affrontait très mal les émotions complexes.

À l'école le régime de railleries et d'humiliations que je subissais avait continué, sans atteindre cependant autant de bassesse qu'à la fête. Replié derrière une jardinière pendant les récréations, je me consacrais à écrire dans les dernières pages de mon cahier couvert de papier rose brillant ma théorie de l'hémisphère gauche, en guise d'évasion et de consolation philosophique. J'avais rempli plusieurs pages de ma calligraphie hésitante en expliquant les associations magiques de l'hémisphère gauche et le rôle purement pragmatique (*concret*, j'écrivais) assigné au côté droit.

Mariana avait eu un comportement inhabituellement affectueux le mardi soir. Elle était entrée dans ma chambre sans frapper à la porte et s'était allongée sur mon lit en soupirant. Le regard vers le plafond, elle avait murmuré, presque pour elle-même : “Je sais que tout ça est très bizarre, frérot, mais tu vas voir que maman reviendra vite et que tout s’arrangera. Si ça se trouve, ils vont divorcer, mais ça c’est normal, toutes mes copines ont des parents divorcés.” Et sans attendre une réaction de ma part, elle est repartie s’enfermer dans sa chambre.

Je ne suis pas sûr de ce que je pensais à ce moment-là concernant Teresa. Cela ne m’intéressait plus beaucoup de continuer à faire des conjectures sur sa vie de hors-la-loi dans la jungle, et bien que mon imagination y soit parfois entraînée, je tentais en général de me concentrer sur autre chose. Je m’étais probablement lassé d’un changement aussi soudain, d’une telle asymétrie.

Le ton de mon père annonçait une conversation sérieuse. Mariana prit un air désinvolte, comme si on lui avait demandé de faire la vaisselle ou de rentrer plus tôt de chez Citlali. Moi, je n’avais pas assez d’aplomb pour feindre l’indifférence : je m’assis dans le salon, devant mon père, dans une attitude de victime, prêt à recevoir un sermon qui, si ça tournait mal, pouvait dégénérer en cris et insultes – bien dans la manière de mon père. Mais il semblait relativement calme, malgré son aspect négligé et le ton qu’il avait adopté.

“Il y a eu un accident”, commença-t-il, mais il ne put poursuivre, et après un moment d’hésitation il reprit, cette fois d’une voix plus claire : “Votre maman a eu un accident. De voiture. Teresa est morte.”

Je ne me rappelle pas la suite. En revanche je me souviens d’avoir pensé que le prénom de Teresa me parut étrange, prononcé par lui : je ne sais pourquoi c’est cela qui m’est resté, comme pour oublier le véritable contenu de ses paroles.

Mariana posa une question en criant, et en criant encore – un cri qui se déforma en hurlement – elle lui lança “C’est ta faute !” et elle monta l’escalier en courant.

Le claquement de la porte débloqua quelque chose en moi et je me mis à pleurer comme jamais. C'était un sanglot silencieux, étouffé, ponctué de spasmes sans son, comme un sanglot mimé. Mon père voulut me prendre dans ses bras, mais je me retournai sur le canapé en me contorsionnant pour éviter son contact jusqu'à ce que je glisse par terre, où je suis resté un moment.

Ce même soir, Mariana sortit de sa chambre, les larmes aux yeux, et nous nous sommes tous les trois retrouvés dans le salon. Mon père commença à nous dire que tout allait bien se passer, mais se rendant compte que c'était une phrase ridicule, il passa à des questions pratiques, avec lesquelles il était plus à l'aise. Il annonça que nous allions devoir rester seuls un ou deux jours pendant lesquels il irait dans le Chiapas pour "la ramener". Avec le recul, l'idée de nous laisser seuls après une telle nouvelle me paraît un échantillon éloquent de sa profonde ignorance sur ce que signifiait élever ses enfants et de son manque total d'empathie. Mais à ce moment-là, tant ma sœur que moi étions dans un tel état de choc que nous n'avons rien pu dire.

Mariana lui demanda néanmoins si Teresa était morte à la guerre, il répondit que non, qu'elle vivait depuis quelques semaines à San Cristóbal et que les freins de sa voiture avaient lâché sur une route proche.

J'eus subitement une terrible envie de dormir, comme si mon corps réclamait une trêve après cette nouvelle, et je m'endormis sur le fauteuil. Mon père et Mariana eux aussi dormirent dans le salon cette nuit-là, du moins s'ils purent trouver le sommeil.

6

Mariana m'a appelé sur mon portable à l'instant où je commençais à mettre de l'ordre dans la chambre de mon père – la chambre de Teresa, parce que pour moi elle n'avait jamais cessé d'être la sienne. Tout en parlant avec elle je suis allé dans l'ancienne chambre de ma sœur où elle avait passé tant d'heures à écouter de la musique, puis dans la mienne, où j'avais passé tant d'heures à plier des papiers et à échafauder des théories pour m'échapper de la réalité.

Elle voulait savoir combien de temps il me faudrait pour vider la maison, car elle connaissait un éventuel acquéreur qui souhaitait la visiter. Cette nouvelle me déplaisait. Deux semaines ne s'étaient pas écoulées depuis notre réunion avec Garmendia et elle avait déjà trouvé quelqu'un ?

Ma sœur voulait se débarrasser de cette maison le plus vite possible pour toucher sa part de la vente. Je pouvais comprendre cette urgence, d'ailleurs j'en étais arrivé à la partager, mais installé dans la maison, entouré de caisses, de piles de papiers et de vêtements, j'avais commencé à caresser l'idée d'y rester un certain temps, en guise d'adieu personnel à mon passé. Une fois vendue la maison de la Colonia Educación, Teresa aurait parachevé son départ définitif, et mon père aussi. Les espaces où ils s'étaient aimés, disputés, où ils nous avaient vus grandir allaient appartenir à d'autres personnes. Il n'était pas impensable que les nouveaux propriétaires veuillent abattre un mur ou remodeler complètement la maison.

Le matelas étroit de mon ancienne chambre était posé sur le sol poussiéreux. Le Rat était passé la veille, accompagné d'un aide, et avait emporté une bonne partie du mobilier pour le vendre. J'étais debout près de la porte d'entrée, appuyé contre le mur comme Teresa quand elle fumait. Le Rat et son aide passaient devant moi avec les meubles qu'ils déposaient dans le pick-up. Mon ancienne Capsule à luminosité zéro en faisait partie.

À un moment, le Rat me demanda s'il fallait aussi vider la chambre de Teresa. J'eus la tentation de lui dire que oui, qu'il emporte tout avant que je puisse vérifier. Il aurait peut-être été préférable de fermer les yeux à cet instant-là. Mais mon bon sens me trahit et je lui dis que non, que je n'avais pas eu le temps de tout vérifier et qu'il revienne le lendemain.

– Tu vas vouloir que j'emporte le grand lit ? me demanda-t-il. Il parlait, bien sûr, du lit de mon père, du lit de Teresa. Ce grand lit sur lequel je suis en train d'écrire, où j'ai passé le plus clair de mon temps les deux dernières années.

– Non. Le lit, je le garde.

Pendant que le Rat finissait d'amarrer avec une vieille corde les plus gros meubles dans la camionnette, j'ai pensé que le salon lui avait peut-être rappelé les moments où il avait consommé bières et pizzas, et dragué sans succès Mariana pendant les vacances de l'été 94. Peut-être que la hâte du Rat à tout charger dans le pick-up tenait à des regrets soudains, un début de culpabilité, ou du moins de nostalgie : l'acceptation tacite que le passé avait un poids et un sens – que notre promenade jusqu'à Taxqueña, vingt ans plus tôt, l'avait aussi marqué peu ou prou.

Quand il m'a tendu les billets froissés en règlement des meubles, j'ai cherché dans son regard l'écho de cet autre moment : sa main – alors moins rugueuse – me tendant des billets tout autant froissés à la gare routière du Sud, avant de m'abandonner à mon sort. Mais le Rat détourna les yeux, regagna sa camionnette et s'éloigna en laissant derrière lui un sillage de fumée noire.

Dans mon ancienne chambre, désormais vide, étaient restés éparpillés sur le sol des objets divers et des papiers que je devais jeter au passage des éboueurs. Avant de me décider à fouiller la chambre de mes parents, je me suis assis un moment, au milieu des ruines de mon enfance.

Sur mes vieux cahiers de l'école primaire posés au fond de la chambre, j'ai repéré une tentative de grenouille en origami. Je croyais avoir effacé toute trace de ce passe-temps à l'entrée dans l'adolescence, mais j'avais apparemment omis cet exemplaire qui avait survécu, avec une remarquable dignité, à deux décennies d'abandon. Ce n'était pas une des figures faites avec le papier multicolore d'un livre que m'avait offert Teresa, mais une grenouille blanche confectionnée dans une page rayée d'un cahier scolaire. Je l'ai examinée de plus près. Les plis du papier étaient sales et j'en déduisis que j'avais fait cette grenouille avec les mains sales, ou en léchant les pliures pour les fixer.

Je me suis assis par terre près de la fenêtre (cette fenêtre par laquelle j'avais si souvent redouté de voir entrer le mythique Voleur d'enfants) et j'ai déplié délicatement la grenouille d'origami, en essayant de me rappeler les étapes que j'avais suivies pour arriver à la former. Qu'avais-je pensé en confectionnant cette grenouille ? Et plus encore, qui étais-je en faisant cette grenouille ? Y avait-il un lien entre cet enfant de dix ans et l'orphelin de trente et un ans qui était en train de défaire cette petite figure ?

Le papier déplié entre mes mains me faisait penser à un oracle. D'une calligraphie maladroite, au centre de la feuille, écrits au crayon, trois mots tentaient de répondre à toutes mes interrogations : "le côté gauche."

C'est là, il y a deux ans, une semaine après la mort de mon père, que je me suis souvenu de ma folle obsession des hémisphères : les après-midi passés à m'escrimer à écrire de la main gauche ; le bandeau sur l'œil gauche que j'avais porté un certain temps ; l'acharnement désespérant à mastiquer sur le côté gauche à la table de la salle à manger alors que mon père et Mariana s'étaient levés et que le ciel avait changé de couleur, offrant l'impossible gamme qui accompagne toujours le phénomène du crépuscule.

J'ai ressenti une espèce de pitié pour cet enfant qui compensait une situation douloureuse et incompréhensible par un comportement étrange. Cette grenouille devait être une des dernières que j'aie faites avant de renoncer à l'origami. C'était le fruit d'un moment perturbé et instable, où je me débattais pour donner sens, un sens, à la nouvelle que Teresa, ma mère, était morte de la plus banale des morts, sur une route secondaire, loin de la jungle et des révolutions.

7

Je ne me rappelle pas combien de jours nous sommes restés seuls, Mariana et moi, pendant que mon père était dans le Chiapas. Ni très bien ce qui s'est passé pendant ces jours-là. Comme si la nouvelle de la mort de Teresa avait été une explosion trop proche, j'ai été étourdi un certain temps par un sifflement aigu et constant qui ne cessait jamais.

Je sais néanmoins que Mariana n'a pas invité ses amies à la maison à ce moment-là. Nous dormions dans le salon et nous n'allions presque jamais dans nos chambres, comme si tout l'étage de la maison était maudit.

La télévision était tout le temps allumée, comme une espèce de sédatif, parfois nous coupions le son pour dormir un moment, Mariana par terre, enveloppée dans une couverture, et moi sur le canapé.

Je sais aussi que j'ai vomi le premier jour et qu'un peu plus tard j'ai eu de la diarrhée. Mariana se montrait avec moi plus maternelle qu'elle ne l'avait jamais été, elle me préparait des infusions de camomille. Je me souviens qu'elle avait le visage gonflé et des traces de morve séchée sur la joue, qu'elle ne nettoyait pas. Je me souviens que nous regardions à la télé des dessins animés violents que Teresa m'interdisait, des films mexicains des années 50 et une série *gringa* que ma sœur aimait. Je suis incapable de dire ce que nous mangions et je ne sais pas si mon père nous a appelés. Je ne sais pas si quelqu'un a sonné à la porte, ni ne peux me rappeler le lever du jour ou la tombée de la nuit. C'était une nuit continuelle, encore plus longue que la longue nuit dans l'autobus pour Villahermosa.

Mon père est rentré du Chiapas quelques jours après, avec les cendres de Teresa dans un récipient foncé qui ressemblait à un vase avec un couvercle. Mariana s'est mise en colère lorsqu'elle a appris que notre mère avait été incinérée loin de nous, sans autre cérémonie que le reflet des flammes sur la pupille de mon père. Elle a crié, pleuré et menacé de quitter la maison pour toujours. (Cette crise allait se reproduire quasiment à l'identique pendant deux ans, jusqu'à ce que Mariana atteigne la majorité et décide de mettre sa menace à exécution.)

J'ai moi aussi très mal réagi, mais plus pour imiter ma sœur que spontanément. En vérité je ne comprenais pas ce qui se passait et je n'aurais pas non plus su comment me comporter si mon père était arrivé avec le corps de Teresa dans un cercueil, au lieu de ce vase fermé. Le rituel des adieux à la dépouille mortelle d'une personne me paraissait incompréhensible, et le reste dans une certaine mesure. Puisque je n'avais pas pu faire mes adieux à Teresa ce mardi de juillet ou d'août, quand elle m'a confiée à la garde de ma sœur, je ne voyais pas pourquoi je devais le faire maintenant.

On m'a permis de manquer l'école pendant quelques jours. Mon père était particulièrement affectueux, ce qui était pour moi plus perturbant que réconfortant. Quand il me voyait assis sur le canapé du salon, il me prenait dans ses bras et restait ainsi, immobile et silencieux, comme si au milieu de son élan il avait oublié la signification de ce geste.

La nuit, j'avais du mal à dormir. Je faisais des cauchemars où Guillermo et son groupe volaient le vase des cendres de Teresa et jouaient avec au football dans la cour de l'école, jusqu'à ce qu'il soit cassé. Au réveil, je m'asseyais sur mon lit et je faisais une série d'exercices qui ne mobilisaient que le côté gauche de mon corps : je tentais de toucher mon omoplate de la main gauche et je tournais la tête en regardant de ce côté jusqu'à avoir mal aux yeux, des choses de ce style. Cette espèce de liturgie personnelle parvenait à me calmer un peu et, même si je n'avais pas un sommeil continu, au moins je me reposais un moment.

Une nuit, cependant, les exercices hémisphériques n'ont pas fonctionné et je suis allé à la cuisine boire un verre d'eau. En descendant l'escalier à pas de loup j'ai vu mon père assis à la table de la salle à manger, devant un verre de tequila. Il ne m'a pas vu et je me suis accroupi sur le palier de l'escalier pour l'observer un moment. Bien que le surplombant, j'ai pu distinguer son visage. Il avait une expression indéchiffrable, comme s'il était en train de résoudre un problème mathématique complexe, ou s'efforçait de mémoriser une séquence de nombres. Il regardait fixement un point de la nappe, puis se concentrait sur un autre point. De temps en temps il buvait une gorgée de tequila en s'humectant à peine les lèvres. À quoi pensait-il ? Se sentait-il coupable de la mort de Teresa ? Était-il triste à l'idée de devoir se charger tout seul de nous ? J'eus envie de le rejoindre, de le serrer dans mes bras et de lui dire que ce n'était pas sa faute, que c'était un accident, ou le destin. Mais à l'instant où j'allais m'approcher pour le consoler, ses traits se sont tendus. Là où il n'y avait qu'incompréhension et vide apparut, timidement d'abord, un sourire. Je n'avais jamais vu mon père sourire ainsi. J'ai pensé que c'était peut-être le sourire que l'on fait quand on est seul, quand on croit que personne ne regarde. Puis son sourire s'est agrandi. Les rides autour des yeux se sont accentuées. Et il s'est mis à rire, mais sans bruit, comme s'il étouffait son rire.

Accroupi en train d'épier mon père, j'ai reconnu pour la première fois la parenté de ce rire avec celui du soldat qui m'avait fouillé, la nuit, sur la route de Villahermosa. Je me suis levé lentement et, sans bruit, j'ai remonté l'escalier jusqu'à ma chambre.

Pendant vingt et un ans je n'ai pas repensé à ce rire. Ou je devrais dire que j'ai vécu vingt et un ans en essayant de ne pas y penser, mais son souvenir a fini par s'imposer, et le fait que je vive aujourd'hui confiné et que je passe le plus clair de mon temps sur la moitié gauche du lit, tient obscurément au souvenir indélébile de ce rire.

8

J'ai trouvé le dossier dans un tiroir du bureau. Comme si une partie de moi anticipait la catastrophe, j'avais gardé ce tiroir pour la fin. Quand j'aurais mis de l'ordre dans ces papiers, je pourrais considérer le rangement de la pièce terminé, ce qui était le plus difficile. Il ne me restait plus qu'à trouver un déménageur pour emporter le lit de mes parents – et quelques meubles que j'avais décidé de garder – dans mon appartement. Dans trois ou quatre jours, je pourrais remettre les clés de la maison à Garmendia.

C'était un dossier rouge cartonné, de format standard. Au début, j'ai supposé qu'il devait contenir des documents de l'assurance (fidèle à son esprit pragmatique, mon père avait dit avant de mourir qu'ils étaient dans son bureau). Mais dès que je l'ai ouvert, j'ai compris qu'il s'agissait d'autre chose. J'ai reconnu aussitôt l'écriture appliquée et allongée de Teresa. Le premier papier était cette lettre que j'avais tenté de dérober, à l'âge de dix ans, sur la table de nuit de mon père.

Après la mort de Teresa j'avais oublié cette lettre, ou peut-être avait-elle simplement perdu de son importance : le mystère était résolu. Selon les explications de mon père, arrachées au compte-goutte au fil des années, Teresa était partie à La Realidad, dans le Chiapas, pour assister à la Convention nationale démocratique de la forêt Lacandone, convoquée par l'Armée zapatiste de libération nationale, où s'étaient rendus des politiciens, des intellectuels, des journalistes, des universitaires et des observateurs internationaux.

Durant une semaine, Teresa avait écouté les discours de la direction des rebelles et discuté, pendant les repas, avec des volontaires et des étudiants de différentes régions. À la fin de la Convention elle avait voulu rester et même rejoindre les rangs des rebelles, mais quelqu'un lui avait dit que c'était impossible, qu'elle devait retourner à Mexico, où son aide serait plus efficace, pour recueillir des fonds et diffuser des informations véridiques. Déçue, Teresa avait fini par louer un petit appartement dans la banlieue de San Cristóbal. Ses projets – toujours selon mon père – n'étaient pas du tout clairs, mais elle pensait probablement passer deux ou trois mois seule, là-bas, en congé de la vie familiale, avant de reprendre son existence de femme au foyer responsable dans la Colonia Educación.

Au fond, j'ai toujours su que cette version des faits était mensongère, une illusion de mon père qui voulait se convaincre (et nous convaincre) que Teresa avait eu depuis le début l'intention de revenir. Je n'ai jamais su s'il croyait à sa propre version ou ne la maintenait que pour nous, mais je dois avouer que je n'ai jamais fait l'effort de le contredire.

La lettre de Teresa ne permettait pas d'imaginer un projet très précis mais, en revanche, une détermination inébranlable : elle partait dans le Chiapas parce qu'elle ne supportait plus de vivre avec mon père et savait que les indigènes avaient "une leçon de dignité" à lui donner.

En lisant la lettre devant le bureau, avec le dossier rouge sur les genoux, j'ai eu l'impression que la Teresa qui avait écrit ces lignes était très jeune. Jusque-là, j'avais toujours imaginé ma mère comme une adulte accomplie, consciente du poids de ses décisions, rationnelle et posée comme sa voix d'autiste. Mais Teresa avait été, aussi, une femme passionnée, traversée par des impulsions contradictoires. Sa lettre d'adieu en témoignait. Elle révélait une exaltation idéologique qui, avec le recul, me faisait un peu honte. Cette lettre paraissait rédigée à une époque plus héroïque, non pas dans la dernière décennie du XXe siècle mais bien avant, pendant les années fastes du mouvement étudiant, ou au début de la révolution cubaine. Teresa employait des termes comme "aliénation" ou "capitalisme" pour déplorer l'oppression que – sans doute – mon père exerçait sur elle, et des mots comme "lutte" ou "victoire" pour annoncer son propre avenir.

C'était une lettre brève, une page recto verso. Son dernier paragraphe nous était consacré (à Mariana et à moi). Elle demandait à mon père, s'il lui restait un peu de pudeur, de ne pas nous dire de mensonges sur elle. Elle ne pouvait pas lui demander de nous expliquer sa décision, sachant que lui-même ne la comprenait pas, mais elle le suppliait de ne pas nous monter contre elle. Elle promettait de nous téléphoner de temps en temps et n'excluait pas de venir nous voir, si son passage dans la clandestinité le permettait.

L'idée que cette lettre était celle que j'avais tenue furtivement dans mes mains vingt et un ans plus tôt m'a produit une sensation étrange. Qu'aurais-je compris en la lisant jusqu'au bout à ce moment-là? Me serais-je lancé à la poursuite de Teresa à bord d'un autobus pour le Sud-Est mexicain si je l'avais lue?

Ces lignes révélaient quelque chose sur mon père qui me faisait mal à ce moment-là, avec son cadavre encore frais. J'avais toujours eu conscience que la relation entre lui et Teresa était tendue, et j'ai rarement imaginé qu'ils étaient réellement amoureux, mais la lettre trahissait une tension beaucoup plus forte, un sentiment d'asphyxie chez Teresa, que je n'avais pas su déceler dans sa voix neutre et son affection distante quand j'avais dix ans.

Sous la lettre, dans le dossier rouge, il y avait quatre photographies en couleur – les couleurs fanées des photos du début des années 80. Sur la première, on voyait Teresa à côté d'un bébé de pas plus de trois ans qui devait être Mariana. Teresa tenait une pancarte où était écrit "Vive le Nicaragua libre", et dessous, en lettres plus petites, "C.E.A.N. En lutte". Teresa souriait candidement à l'objectif, elle portait un jean, un chemisier brodé et les cheveux noués en queue-de-cheval. Ma sœur avait une petite salopette rouge, deux couettes et un air de profond désarroi. Elle regardait Teresa au lieu de l'objectif. Derrière elles, on apercevait l'ambassade des États-Unis de l'avenue Reforma et d'autres manifestants à droite du cliché.

La deuxième photo avait été prise avant. Elle était plus petite et aux bords arrondis : mon père et Teresa enlacés sur une plage, tous deux en maillot de bain. Le maillot de mon père était un slip de bain moulant. Celui de ma mère laissait voir une grossesse de plus de six mois. Mon père était d'une maigreur insolite et arborait une moustache ridicule. Ils souriaient.

La troisième photo était un portrait de famille postérieur – j'étais déjà né. Debout devant la porte métallique de la maison de la Colonia Educación, Teresa et mon père regardaient fixement l'objectif, avec une certaine raideur. À leurs pieds, Mariana dans une robe à fleurs, et, glissant quasiment de ses bras, un bébé en pleurs : moi. Cette photo m'a fait rire et j'ai décidé de la donner à Mariana, convaincu qu'elle la ferait rire aussi.

La dernière photographie était un portrait de Teresa fait par un professionnel. Les couleurs étaient plus vives et le format plus grand. Seule, très sérieuse, avec une énorme mèche à la mode des années 90, Teresa regardait l'objectif d'un air hautain, affichant son mépris pour le photographe et la mise en scène par ce simple regard. En voyant cette image j'ai pensé que le maquillage de Teresa paraissait excessif, comme si elle s'était déguisée et que cet excès constituait une critique ou une parodie. Son sérieux inébranlable, presque déprimant, renforçait cette hypothèse et me rappelait un peu les grands yeux tristes de Buster Keaton.

J'ai mis les photos de côté pour continuer à examiner le dossier. Il y avait deux ou trois factures d'électricité qui ne semblaient pas appartenir à l'ensemble et, entre elles, une enveloppe ouverte et timbrée. J'ai de nouveau reconnu l'écriture de Teresa, le nom de mon père comme destinataire, et au dos une adresse à San Cristóbal de las Casas. Le tampon de poste indiquait que mon père avait dû lire cette lettre, la seconde, peu avant la mort de Teresa.

Moins exaltée que la première, cette deuxième lettre était en revanche plus explicite. Je suppose qu'une fois partie de chez elle, Teresa avait cessé d'éprouver l'urgence de se justifier idéologiquement, bien que sa détermination demeure intacte, voire renforcée. Sans entrer dans les détails, elle reprochait à mon père de l'avoir écartée de ce qui l'intéressait, de l'avoir amadouée pour ensuite dévoiler son véritable visage – attitude conciliante, violence réactionnaire, médiocrité rampante. "Ton argent me dégoûte, écrivait-elle, et par ta faute, je me dégoûte moi-même."

Après le paragraphe des reproches, Teresa passait aux questions pratiques, à l'avenir indiscutable qu'elle s'était inventé. Un avenir qu'elle s'était peut-être fabriqué depuis des années ou, au contraire, qu'elle avait conçu dans un moment d'inspiration, accroupie et aux aguets dans la jungle lacandone.

Elle disait s'être installée à San Cristóbal de las Casas après avoir assisté à la Convention nationale démocratique. Son plan était de trouver un travail sur place et, éventuellement, d'emmener Mariana vivre avec elle. Elle promettait de nous appeler dès que son téléphone serait installé. Elle demandait comment s'était passé mon retour à l'école, comme si mon père allait répondre à cette lettre – cette lettre sans réponse possible, cette lettre qui disait tout ce qui restait à dire entre eux. Elle m'envoyait des baisers.

J'ai relu la lettre deux fois pour m'assurer que rien ne m'avait échappé. J'imaginais mon père en train de la relire, fou de rage, la froissant dans un moment de frustration suprême, puis regrettant sa réaction, lissant le papier à l'aube. Est-ce que ça s'était réellement passé ainsi ? je me suis demandé. Peut-être pas. Peut-être que mon père avait lu deux ou trois fois la lettre, puis l'avait rangée dans ce dossier rouge cartonné et s'en était désintéressé. Quelques jours après, Teresa était morte et il n'avait pas repensé à la lettre. Peut-être que ça l'arrangeait de ne plus y penser et de croire que sa femme était morte en l'aimant inconditionnellement et lui promettant de revenir vite.

En laissant de côté ce que cela signifiait pour mon père – et ce que disait Teresa sur sa capacité à étouffer la vérité pendant des années – la lettre révélait une omission éloquente et douloureuse: Teresa avait écrit "emmener Mariana vivre avec moi", rien de plus.

Certes elle s'inquiétait pour moi et m'envoyait des baisers, mais elle ne parlait pas de m'emmener vivre avec elle dans le Chiapas.

Qu'avait donc vu Teresa en moi pour décider que je n'étais pas digne de ce destin ? Trouvait-elle que je ressemblais trop à mon père, un homme violent et sinistre, condamné à vivre dans l'erreur et la médiocrité, dans la Colonia Educación ?

J'ai refermé la lettre en respectant ses pliures et je n'ai pu m'empêcher de penser à la grenouille en origami et son message cryptique ("le côté gauche") que j'avais trouvée dans ma chambre. Plier sur les pliures, répéter les pliures que d'autres avaient faites avant, paraissait être mon destin. Teresa avait plié cette lettre en septembre 1994. Elle l'avait glissée dans l'enveloppe et s'était rendue à un bureau de poste de San Cristóbal de las Casas. Puis, elle était peut-être revenue dans son appartement à la porte en métal qu'elle avait loué dans le quartier de Santa Lucía, ou de Mexicanos, en tout cas dans celui où elle avait décidé de commencer une nouvelle vie.

Qu'avait fait ma mère pendant cette journée ? Il était probable qu'elle s'était déjà fait quelques amis : sympathisants zapatistes rencontrés à la Convention, indigènes venus d'autres régions du Mexique pour apprendre des rebelles, journalistes locaux habitués à la violence et à la mort qui attendaient et redoutaient la trahison du gouvernement.

Assis au bureau de mon père, le dossier rouge devant moi, je me sentis de nouveau comme un détective, le petit détective de dix ans que j'avais voulu être pendant l'été 94. Ce détective qui était monté dans un autobus pour nulle part pour suivre une vague piste.

Il restait encore quelques papiers du dossier à classer. L'un d'eux était l'acte de mariage de mes parents, inscrit au registre civil numéro 49, délégation de Coyoacán, le 4 avril 1978. Paraphé par la signature allongée de Teresa, celle serrée et confuse de mon père et les noms de mes grands-parents. J'ai placé ce vieux papier sur la pile de documents importants, avec les deux lettres.

Le dernier papier était l'acte de décès de Teresa. J'y ai jeté un coup d'œil distrait : je ne tenais pas à m'appesantir. C'était un des nombreux documents que je pensais trouver dans le bureau. J'allais bientôt en avoir fini : avec cette maison, avec cette histoire, avec ce passé. Les éboueurs emporteraient les rebuts qui seraient dispersés. J'allais revenir dans ma colocation tandis que Garmendia vendrait la maison et me remettrait ma part d'héritage. Ne travaillant pas, j'allais pouvoir me consacrer à l'achat d'un appartement. Dans un quartier intéressant, avec des librairies et d'autres cafés que El Jarocho. Je chercherais un nouveau travail, ou je reprendrais des études, maintenant que je pouvais me le permettre. Une maîtrise quelconque. Je n'écartais pas non plus l'idée de changer de métier, ou même de ville. Je pourrais faire un voyage à l'étranger. Il ne me restait plus qu'à replier ce papier et tout serait terminé. La faille ouverte pendant l'été 94 commencerait alors à se refermer.

Je jetai un nouveau coup d'œil à l'acte de décès. Nom. Sexe. La calligraphie du fonctionnaire qui avait rempli le formulaire, ses fautes d'orthographe. Conjoint. Localité. San Cristóbal de las Casas. Date du décès. 25 septembre 1994. 25 septembre, pas 23. C'est-à-dire un jour après que mon père avait pris l'avion pour le Chiapas. Un jour après, pas un jour avant. Cause du décès : Asphyxie par inhalation de gaz.

9

Ce fut très lent. Au début je me suis comporté comme si de rien n'était. Après tout, c'était peut-être une erreur, il y avait mille explications. J'ai terminé de vider la maison de mon père. J'ai engagé un déménageur qui a transporté le lit de mes parents et d'autres objets dans mon appartement. J'ai appelé Garmendia et deux jours après je lui ai remis les clés de la maison de la Colonia Educación, les trois trousseaux.

Un week-end, je suis allé en taxi chez ma sœur pour lui apporter les photos que je voulais lui donner et la moitié de ce que m'avait réglé le Rat pour les meubles. Les photos ont fait rire Katia, son épouse, mais pas ma sœur. J'ai voulu aussi lui donner la moitié de l'argent du Rat, mais elle a insisté pour que je le garde : j'allais en avoir besoin maintenant que j'étais sans travail.

La maison s'est vendue en quelques semaines : apparemment la Colonia Educación est un quartier en pleine expansion, où habitent surtout des employés de la zone commerciale de Coapa.

Les cinq mois suivants, j'ai continué ma vie comme si de rien n'était. On pourrait même dire que ma situation s'était améliorée, du moins superficiellement. Je me suis acheté un appartement et m'y suis installé. Ne plus avoir à payer un loyer m'ôtait un grand poids des épaules et je suis devenu une personne plus souriante. J'ai trouvé un emploi mieux payé que les cours d'espagnol pour étrangers, dans une entreprise d'évaluation de diagnostics. Tous les jours je mettais une chemise lavée dans une blanchisserie et je prenais le bus jusqu'à l'immeuble moderne où je travaillais. Je passais la journée à corriger la syntaxe de questions sur des sujets aussi divers que l'ingénierie mécatronique ou le droit international. Les prestations de l'entreprise étaient très bonnes au regard de la simplicité du travail. On me payait vacances, couverture santé et un bonus substantiel si je corrigeais plus de documents que mes collègues, ce qui n'était pas très difficile vu qu'ils ne travaillaient pas beaucoup.

Avec Mariana nous nous parlions parfois au téléphone et, en semaine, on s'envoyait des messages sur des futilités, ou pour nous raconter des moments particuliers de notre routine.

Ces mois-là, j'ai fait la connaissance d'une femme sympathique et nous avons commencé à sortir ensemble. Nos rencontres étaient facilitées par la proximité de l'endroit où on travaillait. Nous allions de temps en temps voir un film dans un centre commercial et nous mangions des salades à l'heure du déjeuner. Elle était gentille et paraissait s'intéresser vraiment à moi, ce qui me paraissait – et me paraît encore – incompréhensible. Elle avait un rire diaphane, des hanches larges et l'œil gauche légèrement fermé.

Mais cette vie ne me convenait pas. C'était comme si je m'étais réveillé dans un corps étranger et que je vivais sa vie en qualité de substitut pour un certain temps.

Je n'ai jamais parlé du dossier rouge à Mariana. Ni de la lettre, ni du projet de Teresa de l'emmener vivre avec elle dans le Chiapas. Et encore moins, bien sûr, de l'acte de décès et des fissures qu'il ouvrait dans l'histoire que nous avait servie mon père pendant des années – histoire que nous avions accepté de croire et sur laquelle tenait, avec des pinces, notre vie d'adulte.

La lettre et l'acte de décès étaient à l'abri dans mon propre dossier de documents importants, qui n'est pas rouge mais vert. Un dossier que je range aujourd'hui sous ce lit, avec mes cahiers d'écolier et mon passeport.

Je ne sais plus à quoi j'ai pensé tous ces mois. À rien, je suppose. Je m'efforçais d'avancer, d'imaginer un avenir parfait. Mes chemises avaient la même odeur d'amidon que celles de mon père, mais je feignais de ne pas m'en rendre compte.

Un dimanche soir j'ai ressorti le dossier et je l'ai regardé un moment. Puis, je l'ai ouvert et j'en ai éparpillé le contenu sur mon lit. Je n'ai pas eu le courage de relire les lettres de Teresa. L'acte de décès était plié en deux et je n'ai pas non plus osé l'ouvrir. J'ai tout remis en place et glissé de nouveau le dossier sous le lit.

Ce dimanche-là je n'ai pas pu dormir. J'essayais de me forcer à pleurer, comme on provoque un vomissement en se mettant deux doigts dans la gorge. J'aurais voulu que mon père soit encore vivant pour lui demander, bordel de merde, ce qui s'était passé à San Cristóbal de las Casas, dans le petit appartement que Teresa avait choisi pour refaire sa vie. Lui demander, putain de Dieu, ce qui était arrivé ce week-end du 23 au 25 septembre 1994, pendant que Mariana et moi regardions la télé, pendant que je vomissais, que j'avais la diarrhée, que je buvais une camomille après l'autre, dévasté par la nouvelle de la mort de Teresa.

Mais personne ne pouvait plus répondre à ces questions – personne ne le peut. Pourtant une réponse s'est lentement formée en moi pendant les deux dernières années.

Mon père voulait peut-être que je trouve cette réponse tout seul, que l'horreur de cette réponse grandisse en moi, en temps voulu, comme une plante carnivore qui ressemble au début à un trèfle et révèle peu à peu sa véritable essence.

Le lendemain, je ne suis pas allé travailler. J'étais fatigué, égaré, je n'avais pas le courage de continuer à feindre que tout était en ordre. La femme avec qui je sortais m'a envoyé quatre messages pendant la journée, mais je n'ai répondu à aucun. Je me suis convaincu que j'étais malade, alors que je n'avais aucun symptôme, à part une légère migraine due probablement au manque de sommeil.

Le mardi je suis revenu au travail, avec une chemise propre et bien repassée. Le trajet en bus a été très pénible, mais en arrivant au bureau j'ai cru que tout irait bien, que j'avais eu une crise passagère. J'ai dit à mon chef que je me sentais mieux et j'ai salué comme d'habitude mes collègues. J'ai pensé que je pouvais profiter de ma toute nouvelle couverture santé pour consulter un psychiatre qui m'expliquerait que mon état était normal, provoqué par un de ces deuils qui frappent à retardement. Il me prescrirait quelque chose pour dormir et ce serait tout.

Mais à une heure de l'après-midi, peu avant le déjeuner, je me suis enfermé dans les toilettes et j'ai senti que j'allais hurler ou frapper quelqu'un au visage. J'ai laissé un message à la secrétaire de mon chef et je suis rentré chez moi en taxi. Je n'ai jamais repris le travail. Le département des ressources humaines m'a écrit à plusieurs reprises pour me demander ce qu'ils devaient faire de ce que j'avais laissé dans mon bureau, mais je n'ai jamais répondu. Je suppose qu'ils ont tout jeté.

Les premiers jours je sortais marcher un peu dans le quartier, mais j'ai fini par passer de plus en plus de temps dans mon appartement. J'ai cessé de me laver, j'ai perdu plusieurs kilos et j'ai commencé à commander de quoi manger par téléphone – des pizzas hawaïennes. Le vendredi, quand venait Josefina, la femme de ménage, je faisais semblant de travailler sur la table de la salle à manger pour qu'elle ne me pose pas trop de questions. En dehors de ces moments-là, j'étais presque toujours au lit. Sur le côté gauche du lit : celui de Teresa.

Au bout de deux semaines, la femme avec laquelle je sortais a commencé à montrer des signes de lassitude. Je lui disais que j'étais malade, mais quand elle a proposé de venir me voir, j'ai cessé de répondre à ses messages. Elle m'a appelé plusieurs fois, je laissais sonner le téléphone. La mélodie que j'avais programmée pour les appels entrants était un chant discret de grillons, qui ne me dérangeait pas.

Un samedi soir, elle m'a envoyé un message disant qu'elle était en bas, à la porte de l'immeuble. Craignant qu'elle ne cherche le concierge ou qu'elle appelle la police, je l'ai laissée entrer. Son inquiétude était évidente.

Nous avons eu une conversation embarrassée, elle assise au bord de mon lit et moi sous les couvertures. Est-ce que je ne voulais plus sortir avec elle ? Je lui ai répondu que non, mais d'une voix si éteinte qu'elle ne m'a pas compris et m'a demandé de répéter. Je n'en ai pas eu le courage : je lui ai dit que je traversais un moment difficile, que bientôt ça irait mieux et que je reviendrais vers elle. Elle m'a dit au revoir avec froideur (je ne peux pas la juger, je me suis comporté comme un imbécile avec elle).

Devant Mariana, j'ai tenu le mensonge plus longtemps. Je répondais presque tout de suite à ses messages. Je lui disais que je me sentais bien dans mon nouveau travail et avec ma nouvelle amie. De toute façon elle était toujours occupée et ne posait pas beaucoup de questions. Mais Josefina, qui va chez elle le mardi, lui a raconté que je restais enfermé à la maison, en pyjama, sans rien faire. Quand ma sœur m'a appelé pour me demander ce qui se passait, j'ai inventé que mon temps de travail avait été raccourci et que j'avais maintenant le vendredi de libre, mais au ton de sa voix j'ai compris qu'elle ne me croyait pas. Deux semaines plus tard, je lui ai dit que j'avais été licencié. Elle m'a demandé si je cherchais du travail et ma réponse a été “pas pour le moment”, tirant ainsi un trait sur le sujet.

Depuis deux ans je vis confiné sur ce lit. Parfois je me redresse, je m’appuie contre le mur et je regarde par la fenêtre de ma chambre, d’où je ne peux voir qu’un immeuble de bureau de l’autre côté de la rue.

Au début, je pensais beaucoup à Teresa: j’essayais de me rappeler, avec la plus grande précision possible, le ton immuable de sa voix, la couleur de ses cheveux, sa manière de fumer appuyée contre le mur de la maison de la Colonia Educación. Mais je n’avais partagé avec Teresa que les dix premières années de ma vie, aussi n’ai-je pas beaucoup de souvenirs d’elle. Les trois ou quatre plus marquants (Teresa s’évanouissant dans un marché, Teresa marchant derrière moi pendant que je poursuis les pigeons, Teresa se disputant avec mon père, Teresa partie camper un mardi à midi), je les ai écrits dans ces pages pour les fixer, pour voir si ma mémoire cesse de les déformer et que la copie de la copie de la copie parvient à freiner leur lente mais sûre dégradation.

L’image de mon père, en revanche, est plus soutenue: deux décennies de plus de rencontres, de silences et de repas pris ensemble. Au souvenir de mon père en 1994 se superpose fréquemment celui de mon père malade, dans son lit d’hôpital, souriant et anesthésié par la morphine. Je parviens parfois à oublier qu’il est mort, je l’imagine assis sur le canapé du salon, criant devant la retransmission d’un match de football. Dans mon imagination, je suis assis à côté de lui, mais au lieu de regarder la télévision, j’observe attentivement chacun de ses traits, terrifié à l’idée d’y reconnaître les miens.

Une partie de moi sait que je ne peux pas rester dans ce lit pour toujours. Les derniers jours, j’ai envisagé l’idée d’un grand changement. Peut-être partir à San Cristóbal de las Casas. Ou, mieux encore, prendre un autobus pour Villahermosa, où je pourrai commencer une nouvelle vie, sous un autre prénom et un autre nom (Úlrich González, par exemple). La vie de quelqu'un qui n'a eu ni père ni mère, qui n'a pas donné un coup de pied à un pigeon sur une place de Mexico, ni n'a rien perdu en septembre 1994.

Peut-être qu'avant de monter dans cet autobus, j'irai marcher un moment autour de la gare de Taxqueña et dans les rues de la Colonia Educación, en essayant de comprendre les nuances de cette réponse indicible qui a grandi en moi jusqu'à me dévorer. Peut-être qu'avant de changer de nom, j'irai aussi au cimetière où mon père est enterré pour lui crier dessus comme jamais je n'ai été capable de le faire de son vivant – comme ma sœur et ma mère lui criaient dessus quand il était là. Mais avant de faire quoi que ce soit, avant de penser à sortir de ce lit, avant de devenir, enfin, la personne que j'aurais dû être, j'aimerais finir d'écrire cela.

Glossaire

Atole : boisson chaude sucrée à base de farine de maïs.

Chicharrones : morceaux de couenne de porc frite.

Chile habanero : piment originaire du Mexique, fruité et très piquant.

Huipil : vêtement traditionnel du Mexique et d'Amérique centrale, sorte de chasuble ornée de broderies.

Piñata : récipient en argile ou en plâtre, de formes diverses, contenant des sucreries, que l'on casse les yeux bandés, avec un bâton, à l'occasion de fêtes.

Pozole : potée mexicaine à base de grains de maïs bouillis et de viandes, accompagnée d'avocat, de coriandre, de chou blanc et de piment.

Quesadillas : tortillas fourrées de fromage fondant, chauffées sur une plaque ou à la poêle.

Tamal : farine de maïs fourrée de viande, cuite à la vapeur en papillote végétale.

Taquería : échoppe où l'on vend des tacos.

Cet ouvrage a été composé par
Atlant'Communication
au Bernard (Vendée)

ACHEVÉ D'IMPRIMER SUR ROTO-PAGE
PAR L'IMPRIMERIE FLOCH À MAYENNE
EN FÉVRIER 2021

N° d'édition : 16170001 – N° d'impression : 97700
Dépôt légal : avril 2021

Imprimé en France